Josef J. Fenger

MAN DOWN

Erzählung

Impressum

Bibliografische Information der Deutschen Nationalbibliothek: Die Deutsche Nationalbibliothek verzeichnet diese Publikation in der Deutschen Nationalbibliografie; detaillierte bibliografische Daten sind im Internet über dnb.dnb.de abrufbar.

© 2019 Josef J. Fenger

Herstellung und Verlag: BoD – Books on Demand, Norderstedt
ISBN: 978-3-7504-0847-0

EINS

Die ersten Zeilen dieses Urlaubsberichts widme ich der wundervollen, sechsstündigen Dauerregenautofahrt von Düsseldorf nach Berlin. Genau genommen nicht ganz bis nach Berlin, sondern nach Brandenburg an der Havel, kurz vor Berlin. Der Captain, das älteste Mitglied der Reisegruppe, hat zum Wochenendtrip eingeladen. Eine dreitägige Bootstour erwartet uns. Über Havel und Spree geht es nach Berlin und zurück. Das stand zumindest in seiner Mail. Warme Klamotten und gute Laune sollten wir mitnehmen, für alles andere sei gesorgt. Soll mir recht sein. Passt mir sogar prima, da ich mal wieder blank bin. Ein Zustand den der Captain nur aus der Theorie kennt. Er arbeitet hart, gerne und viel. Und weil er ziemlich gut darin ist, fällt quasi als Nebenprodukt ein Haufen Schotter ab. In Bezug auf den Urlaub bin ich daher absolut entspannt. Der Captain verdient nicht nur viel, er lebt auch auf entsprechendem Niveau. Sein Faible für teure Dinge darf man allerdings nicht ansprechen. Ob etwas teuer ist, hängt schließlich vom Einkommen des Betrachters ab, so seine Argumentation. Motorräder und Sportwagen sind demzufolge keine teuren

Dinge, sondern angemessen bepreiste Wertarbeit. Apropos teure Dinge, wessen Firmenwagen ist es wohl, der uns während ich diese Zeilen verfasse, nicht nur luxuriös komfortabel, sondern auch preisgünstig, nämlich für Lau, quer durch Deutschland befördert?

Doch alles hat seinen Preis. Die Fahrt kostet mich zwar kein Geld, jedoch reichlich Nerven. Wie ein Häufchen Elend kauere ich geduckt auf der Rückbank und schwitze angsterfüllt das edle Nappaleder voll. Daran kann auch die vier Zonen Klimaanlage nichts ändern. Es gießt in Strömen und der nur zähfließende Verkehr kommt immer häufiger ins Stocken. Die Autokolonne auf der A2 rollt mit reduzierter Geschwindigkeit durch den peitschenden Regen. Man sollte meinen alle Vernunftbegabten hielten die Vorsicht den Umständen entsprechend für angemessen, doch weit gefehlt. Zumindest einem passt die kollektive Vernunft überhaupt nicht. Freimütig kommuniziert der Captain seinen Unmut über die aus seiner Sicht völlig übertriebene Vorsicht der Honks und Plebs und lässt wann immer möglich seinen Worten auch Taten folgen. Spektakulär überholen wir links und rechts und wo gerade Platz ist, fahren dicht auf und zünden den Kick-Down Turbo, wenn der Abstand zum Vordermann mehr als drei Meter beträgt.

Wenn sie das nächste Mal von einem rücksichtslosen Raser lesen, denken sie an folgende Person. Der

Captain trägt ein weiß, blass rosa gestreiftes Hemd, braune Chinos und Halbschuhe aus Wildleder. Er ist ein Meter neunzig groß und 90 Kilo schwer. Lockige, dunkelblonde Haare umschließen ein längliches, von massivem Bartwuchs geprägtes Gesicht. Schlank, aber mit angedeutetem Doppelkinn passt er perfekt in jeden Anzug, Größe 52.

»Was macht der da?«, fragt er gerade gereizt. Wir bremsen abrupt ab. Dass Rücklicht an der Oberkante der Heckscheibe blinkt stroboskopartig über mir. Vor uns wechselt ein mattgrüner Honda auf die linke Spur. Ruckartig hebt sich die Hand des Captains. Wie des Papstes Wink wippt sie rhythmisch vor und zurück und wirkte gar friedlich, wäre da nicht das Bi-Xenon Lichthupeninferno. In noch minimal physikalisch messbarem Abstand drücken wir den Japaner an einem LKW vorbei zurück auf die rechte Spur.

»Der hätte mich noch zweimal vorbeilassen können«, stellt der Captain genervt fest und blickt auf Höhe des Hondas finster aus dem Fenster. Wie bereits zu erahnen ist der Captain die Überholspur gewohnt. Als Springer auf der Karriereleiter tauscht er mit Anfang Dreißig bereits stattliche Steuerzahlungen gegen ein Leben ohne finanzielle Sorgen. Gestatten, Herr Diplom-Kaufmann, Diplom-Volkswirt, Diplom-Wirtschaftsjurist, Steuerberater, Wirtschaftsprüfer, Graf Koks.

Horse, ebenfalls düster rausschauend, nickt zustimmend auf dem Beifahrersitz.

»Rentner«, sagt er abfällig. »Ich sag euch, das wird sich noch richtig hochschaukeln. Bis wir alt sind haben die Rentnermassen die Gesellschaft so sehr belastet, dass wir schön freiwillig vom Schreibtisch in die Grube hüpfen.«

Überrascht dreht der Captain den Kopf zur Seite.

»Von welchem Schreibtisch sprichst du?«, fragt er provozierend. Lautlos drücke ich mich tiefer in den Rücksitz und bugsiere meine Langzeit-Studenteneier aus der Schusslinie. Horse gibt sich unbeeindruckt: »Na deinem, seinem - *er zeigt mit dem Daumen nach hinten auf mich* - und meinem Schreibtisch.«

»Habe ich noch nie gesehen, deinen Schreibtisch«, raunzt der Captain. »Seinen - *ein weiterer Daumen zeigt auf mich* - kann ich mir noch nicht einmal vorstellen.«

Horse dreht sich schmunzelnd zu mir nach hinten um. Ich zucke mit den Achseln, begegne den lachenden Augen des Captains im Rückspiegel und kapituliere.

»Tja«, sage ich laut. »Ich mir auch nicht.«

Horse, das jüngste Mitglied des verbrüderten Triumvirats, ist etwas über ein Meter neunzig groß, einhundert Kilo schwer und quasi ohne Bartwuchs. Sein ebenfalls längliches Gesicht birgt tiefliegende, für Frauen gefühl-volle, für Männer lethargische Augen und eine markante Kinnpartie. Die hellen, glatten Haare sind rappelkurz und militärisch akkurat geschnitten - Typ Full Metal Jacket. Wie ich selbst, studiert auch Horse irgendwas mit Wirtschaft, was der Captain bereits mit Prädikat abgeschlossen hat. Anders als ich selbst, wird er dieses Semester fertig.

Der „Kleine" kann sich sehen lassen. Er ist zwar kein klassischer Schönling, aber durchtrainiert und charmant. Schon zu Schulzeiten lagen seine aufgepumpten Arme auf den gebräunten Schultern der Fitnessbuden-Bunnys. Das hat sich auch im Studium nicht geändert. Horse, die Verkörperung seines falsch übersetzten Namens. Nicht Pferd ist hier gemeint, sondern Hengst. Wie es sich für einen solchen gehört, hat Horse einen außergewöhnlich guten Riecher für Ladies. Ich kann mich nicht mehr daran erinnern wie viele er mir schon vorgestellt hat. In Summe würde ich schätzen, waren es in etwa doppelt so viele wie ich überhaupt kenne. Er selbst gibt sich diesbezüglich angenehm bescheiden.

»Weißt du Pilgrim«, meinte er einmal zu mir, »als passionierter Angler müsste dir mein Erfolg doch einleuchten. Premium Futter, premium Fisch.«

Bleibt noch der, der hinten auf der Rückbank zwischen zwei alten Gitarren schwitzt. Quant à moi, Pilgrim. Minimal größer als der Älteste, minimal kleiner als der Jüngste, bin ich so ziemlich der genaue Mix der bereits Vorgestellten - mit einer Ausnahme. Ist mit Klamotten kaum ein Unterschied auszumachen, fehlen mir blanko gute fünf Kilo zum Captain. Das war bei weitem nicht immer so, doch nach durchwanderten Semesterferien, täglichem Yoga und penibelster pseudoökologischer Ernährung sehe ich aus wie Tarzan - hager, aber stählern. Dunkelblonde, kurze Haare, Drei-Tage-Bart und Henriquatre. Zwar noch nicht vermählt, aber fest vergeben. Langzeitstudent, Teilzeitveganer, Antikapitalist. (bis ich mal Geld verdiene)

Genug der Persönlichkeiten. Mittlerweile haben wir die ehemalige Ostgrenze weit hinter uns gelassen, die Autobahn verlassen und durchqueren den dritten Ort nach dem gleichen Schema. Hinein geht es auf einer schmalen, gepflegten Landstraße, meist gesäumt von altem Baumbestand. Noch weit vor dem Ortseingangsschild beginnt die Bebauung. Trostlose und heruntergekommene Häuser und Höfe wechseln sich ab mit prachtvollen Neubauten und modernen landwirtschaftlichen Betrieben. Dann rücken die Häuser enger aneinander und es beginnen stilvoll renovierte Straßenzüge.

Ladengeschäfte gibt es zwar nur wenige, dafür aber große Einkaufszentren mit der üblichen Kombination aus Bäcker, Discounter, Super- und Getränkemarkt. Anschließend wieder der Break, zurück zu Ruinen, Palästen und Landstraßenalleen. Die schönsten Ecken kommentiert der Captain mit Sätzen wie: »Hier, das habe ich finanziert.« Und: »Scheiße, das wird noch einiges kosten.«

Zumindest mit Letzterem hat er wahrscheinlich recht. Ich bin aber lieber still und lausche fasziniert weiter dem offensichtlichen Hauptfinanzier der Renovierung-Ost.

Kurz darauf erreichen wir Brandenburg an der Havel. Nach der renovierten Innenstadt, die wir aufgrund mehrerer Ampelphasen ausgiebig studieren, zeichnet sich an den bröckelnden Kratzputz-Häuserfassaden das Ende Brandenburgs ab. Ich erwarte schon das Ortsausgangsschild, da bittet die freundliche Stimme des Navigationssystems darum, die Straße jetzt rechts zu verlassen.

Die uns erwartende Marina ist schnuckelig klein und liegt versteckt an einem winzigen Seitenarm der Havel. Neben etlichen Segel- und Angelbooten gibt es auch einige stattliche Jachten zu bestaunen. Menschen sind nicht zu sehen. Wir machen einen ersten kurzen Gang über die Stege, entlang der vertäuten Boote. Die mächtigen Rümpfe ragen imposant aus dem Wasser. Nie im Leben wäre ich auf die Idee gekommen eine dieser Jachten zu chartern. Bin ich ja auch nicht, sondern der, dessen prüfender Blick nach einem ihm angemessenen Gefährt sucht. Strahlend steuert der Captain auf einen weißen Koloss zu, als ein Pfiff ertönt. Ein blonder Hüne steht vor dem Marina-Imbiss und winkt uns zu sich.

Am Imbiss warten zwei Bollerwagen auf unser Gepäck. Der Captain weist seinen kleinen Brüdern die Wagen zu und verschwindet kommentarlos mit dem Hünen im Imbiss. Ich will rebellieren, nehme aber stattdessen einen tiefen Zug aus der E-Zigarette, die Horse mir anbietet. Ekliges Zeug, wie Hubba Bubba zum Rauchen. Umgeben von einer voluminösen Himbeer-Melonen-Irgendwas-Duftschwade machen wir uns auf den Weg zurück zum Sternenzerstörer.

Auf dem Parkplatz zieht Horse einen alten Footbag aus der Tasche. Fleißig dampfend spielen wir einige Runden, bis der Elektronuckel plötzlich keinen Pieps mehr von sich gibt. Horse hält das Reservoir gegens Licht.

»Komplett weggebarzt«, sagt er überrascht. »Sollte eigentlich den ganzen Tag halten.«

Ich fühle mich leicht benommen. Horse grinst schief.

»Kreisis?«, fragt er.

»Wenn ich es nicht besser wüsste, würde ich sagen Tabak-Flash«, antworte ich und halte mir den Kopf.

»Keine Sorge«, boxt Horse mir in die Rippen, »da war kein Nikotin drin. Lediglich feinste Chemie mit einem Hauch holländischen Naturprodukts.«

Mein Kreislauf beruhigt sich. Zurück bleibt ein wohliges Gefühl und der Geschmack von Schlumpfeis. Ich zeige auf die Bollerwagen: »Na dann lass uns anfangen, bevor der Imperator noch denkt wir wären mit seinem Flaggschiff abgehauen.«

Nachdem wir unser Gepäck, drei Reisetaschen, zwei Gitarren und einen Fresskorb verladen haben, ziehen wir die Bollerwagen vorsichtig zurück zum Imbiss und gehen hinein. Der Hüne sitzt mit dem Captain an einem runden Holztisch und klärt die Formalitäten. Wir setzen uns dazu. Anders als erwartet spricht man hier bereits mit berlinerischem Dialekt.

Als alles geklärt ist, bestellen wir etwas zu essen und drei lokale Biere. Meine Brüder wählen Brandenburger Krüstchen, ich einen Salat der Saison. Trotz mächtigen Kohldampfs kann ich mich nicht überwinden, etwas anderes als Salat von der ansonsten auf Frittiertes beschränkten Karte zu ordern. Die Krüstchen entpuppen sich als Schnitzel mit Spiegelei und scheinen fantastisch gut zu sein. In Rekordzeit verschwinden sie von den Tellern. Der Salat ist wie Salat eben ist - Rohware.

Als wir den Imbiss verlassen, reißt die Wolkendecke auf und die warmen Sonnenstrahlen des Spätsommers entspannen meine vom Sitzen steifen Rückenmuskeln. Dann geht es zur gecharterten Jacht, der Thaddäus.

ZWEI

Thaddäus Tentakel entpuppt sich erwartungsgemäß nicht als SpongeBobs Kollege der Tintenfisch, sondern als eine der mittelgroßen, schneeweißen zwölf Meter Jachten. Mit ihrem dicken, umlaufenden Schiffstau wirkt sie vor allem eines, edel. Über eine Badeplattform am Heck des Stahlverdrängers geht es an Board. Eine kurze Leiter führt von der Badeplattform zum Außensteuerstand, den man Plicht nennt. Hier stehen zwei bequeme Teakholzstühle, ein Beistelltisch und ein im Boden verschraubter weißer Drehstuhl. Vor dem Drehstuhl prangt an einem Steuerpult ein nicht ganz so edles, schwarzes Plastiksteuerrad. Wie ein Kind auf dem Abenteuerspielplatz probiere ich mich als imaginärer Kapitän. Die Magie des ersten Mals wirkt sofort, Plastik hin oder her. Das Teil ist echt und wir werden damit fahren. Es ist der erste kostbare Moment des Urlaubs und ein sehr kurzer dazu. Der Hüne fragt ungeduldig wo wir bleiben.

Er drängt uns über den schmalen Gang zwischen Deckaufbau und Reling einmal um die Jacht herum - Schulstunde. Passend klingelt Horse Handy und er verzieht sich schnalzend zurück an Land: »Hey Annabell, ich habe gerade an dich gedacht.«

Auf dem Rundgang bekommen wir eine kurze Einweisung in die wichtigsten Funktionsweisen und Handgriffe. In nicht einmal zehn Minuten lerne ich, wann, welche der schwarzen Gummiballons, genannt Fender, auf welcher Höhe, an welcher Seite zu hängen haben. Wie man sie löst und mit welchem Knoten, Slipstek oder Webeleinstek, sie wieder fixiert werden. Wie der Anker herabgelassen wird, wie man prüft ob der Anker hält und warum man nicht über den Anker fahren darf. Was man beim Schleusen beachten muss, wofür der ausfahrbare Aluminiumhaken gut ist und wie man die Klampen richtig belegt - also wie man Leinen an den Metallverankerungen am Boden festmacht.

Der Captain steht während der praktischen Übungen mit verschränkten Armen zustimmend nickend hinter dem Hünen. Ich bezweifle, dass er den ganzen praktischen Stoff schon draufhat. Es handelt sich vielmehr um eine subtile Botschaft. Er ist der Captain, nicht der Matrose - Friendly Reminder. Also höre ich aufmerksam zu und fahre meinen souveränen - *habe ich alles verstanden* - Gesichtsausdruck, den ich regelmäßig mit »Alles klar« und zustimmendem Nicken unterstreiche. Der Hüne scheint trotz meiner eindeutigen Signale skeptisch zu sein. Ein winziges Zweifelsfältchen zeigt sich auf seiner Stirn, doch er weiß sich zu beruhigen. Regelmäßig guckt er während unseres Rundgangs rüber zu unserer Prollkutsche auf dem Parkplatz. Das fällt natürlich auch dem Captain auf.

»Top in Schuss der Kahn«, sagt er fachmännisch, rüttelt an der Reling und hüpft auf der Stelle, als müsse er die Festigkeit der Konstruktion testen. Ein verzweifelter Ausdruck huscht über das Gesicht des Hünen. Langsam, fast zärtlich, fährt er mit seinen Händen über die Reling. Er atmet schwer aus, öffnet seinen Mund, um etwas zu sagen, überlegt es sich dann jedoch anders. Stattdessen öffnet er eine niedrige Tür neben dem Steuerstand und schlüpft geschickt hindurch. Gespannt folgen wir ihm hinab, in den Bauch des edlen Wassercampers.

Über eine steile Treppe, den sogenannten Niedergang, betrete ich zum ersten Mal das Innere einer Motorjacht. Die Treppe mündet im Wohnbereich der Kajüte, den man auch Salon nennt. Der Salon ist gute zwei Meter zwanzig hoch, nach vorne und zu den Seiten verglast und bietet nebst zwei bequem aussehenden Hockern, einen rechteckigen Tisch mit umschließender, u-förmiger Eckbank. An der Backbordseite, in Fahrtrichtung links, prangt ein zweites Steuerrad samt äquivalenten

Applikationen wie außen - Gashebel, Bugstrahlruder-Joystick, Digitalanzeigen für Geschwindigkeit und Echolot, Analoganzeigen für Motortemperatur, Ruderstand und Treibstoffmenge sowie Schalter für Start-Stop, Horn, Scheibenwischer, etc.

Über zwei kleine Stufen geht es mittig der Kajüte am Steuerstand vorbei in die deutlich niedrigere, aber immer noch über Stehhöhe verfügende Kombüse. Links Gaskochfelder, Kühlschrank, Spüle und Stauraum in Fächern und Schränken, rechts ein quer eingebauter Tisch mit zwei Sitzbänken. Schmale, längliche Fenster auf Kopfhöhe sorgen zusammen mit einer getönten Dachluke für Tageslicht. Alternativ lässt sich jeder Abschnitt des Innenraums auch durch LED-Spots in der Decke beleuchten. Diese werden, wie die übrige Schiffselektronik auch, von einer Schalttafel im Salon gesteuert. Neben Beleuchtung und zwei 12-Volt Steckdosen verfügt Thaddäus über Radio/CD mit zuschaltbaren Außenlautsprechern und einem dieselbetriebenen Heizaggregat.

Ich lasse den Captain mit dem Hünen im Salon stehen und erkunde durch eine schmale Tür am Ende der Kombüse eine beengte, sich zum Bug hin deutlich verjüngende Kabine mit Doppelbett. Zu beiden Seiten hinter der Eingangstür befinden sich zwei noch schmalere Türen, durch die ich nur mit eingezogenem Kopf und eingedrehter Schulter hindurch passe. Links ein winziges Bad mit Schiffstoilette und Waschbecken, rechts eine Nasszelle mit in der Decke eingelassenem Duschkopf. Toilette, Dusche und Kabine haben Bullaugenfenster. Während ich überlege ob das Bett einen Meter zwanzig oder einen Meter vierzig breit ist, steckt Horse den Kopf durch die Tür.

»Ist ja super nice«, sagt er staunend, macht einen Schritt in die Kabine und springt aufs Bett. Dabei stößt er mit dem Hinterkopf gegen die Deckenleuchte, die samt Halterung ausreißt und gegen die Wand knallt.

»Au!«, stöhnt er, sich auf dem Bett windend den Kopf haltend. Nach einem kurzen Schreckmoment begutachte ich die ausgerissene Deckenleuchte. Abgesehen von den fehlenden Schrauben scheint das Plastikteil unbeschädigt zu sein.

»Alles okay da vorne?«, ruft der Captain aus dem Salon.

»Alles okay!«, rufe ich zurück. »War nur die Klotür.« Jetzt begutachtet auch Horse sein Werk. Mit vorgeschobenem Kinn wischt er sich stolz eine Träne aus dem Auge. Er verdreht die offenen Drähte, die frei aus der Decke ragen, sodass sie keinen Kurzschluss erzeugen und lässt die Lampe in einem Staufach unter dem Bett verschwinden. Anschließend gehen wir zurück durch die Kombüse in den Salon und weiter in die Heckkabine.

Als wir die Eckbank passieren guckt der Hüne, der gerade mit dem Captain unsere Route bespricht, fragend auf.

»Ganz schön eng die Türen«, beruhige ich ihn und reibe mir scheinheilig den Ellenbogen. Dankenswerterweise schluckt er die Ausrede und blickt zurück auf die auf dem Tisch ausgebreitete Seekarte.

Die Heckkabine besitzt Stehhöhe und verfügt über ein separates Bad mit Waschbecken und WC. Auf einem der Bugkabine gleichenden Doppelbett steht besitzergreifend des Captains Reisetasche - klares Statement. Wir verziehen uns zurück an die frische Luft und schaffen die restlichen Gepäckstücke unter Deck. Als alles verstaut ist und die Betten gemacht sind, verabschiedet sich der Hüne auf der Heckplattform von uns: »Wa sehen uns Sonntag Männer. Det Wetta soll richtik jut werden, da seida lucky!«

Ohne sich noch einmal umzudrehen, marschiert er zurück zum Imbiss.

»Netter Kerl«, findet der Captain.

Auch für uns geht es noch einmal zurück an Land, letzte Einkäufe tätigen. Runter vom Boot, über den Steg zum Wagen - Abfahrt. Zwei Kilometer Landstraße, dann links ab auf den Parkplatz einer mir unbekannten Supermarktkette. Mit dem letzten verfügbaren, eiernden

Einkaufswagen betreten wir den exotischen Discount-Tempel. Doch irgendetwas scheinen wir verpasst zu haben. Die Regale sind quasi leer gekauft und nur noch wenige verbeulte, angerissene und angegrabbelte Packungen buhlen um unsere Gunst. Was noch annehmbar aussieht, packen wir ein - zwei schon braun gesprenkelte Bananenbündel, eine Kiste Mandarinen, ein ganzes Kilo Weintrauben, ein halbes Kilo Erdnüsse, drei Tüten Nudeln, Tomatenmark, Parmesan, Pulverkaffee und verschiedene Sorten Instant-Tütensuppen.

Als wir den eiernden Wagen geradewegs in Richtung Frischwarenauslage bugsieren, hetzen zwei Typen in Bomberjacken an uns vorbei. Einer der Beiden rennt mich halb über den Haufen, sodass ich taumelnd die halbleeren Kartons einer Angebotspalette Chips abräume. Nur ein beherzter Griff des Captains bewahrt mich vor dem Sturz.

«Ey!», rufe ich verärgert und bedanke mich lautstark bei den Idioten mit einer ihren Müttern gewidmeten Laudatio. Horse reagiert instinktiv und feuert Mandarinen-Granaten aus unserem Wagen hinter ihnen her.

»Polizei!«, ertönt es hinter uns. »Aus dem Weg!« Erschrocken springen wir zur Seite. Die Linke ausgestreckt wie ein Footballspieler, die Rechte auf Gürtelhöhe am Pistolenhalfter fetzt ein Zivilbeamter an uns vorbei und verschwindet im gleichen Gang wie die beiden Typen zuvor. Es rumst und donnert, dann kommen die Typen wieder auf den Gang gerannt und stürmen in Richtung Ausgang. Der Zivilbeamte ist ihnen dicht auf den Fersen. Jemand schreit wieder was von Polizei, dann klirrt Glas. Zwischen Quengelware und Zigaretten erblicke ich eine wilde Rangelei an der Kasse. Ich ziehe die Augenbrauen hoch und schüttele den Kopf: »Was geht denn hier ab?«

Horse, der hinter einem Aufsteller mit Klopapier in Deckung gegangen ist, schaut sich vorsichtig um.

»Die Regale sind leergeräumt wie in *The Walking Dead*«, sagt er verschwörerisch. »Das kann nur eines bedeuten - Zombiapokalypse.«

Der Captain schnaubt und verdreht die Augen: »Los, wir holen noch Getränke und dann nichts wie weg hier. Ich habe keine Lust in what ever hier abgeht hineingezogen zu werden.«

Ich bin ganz des Captains Meinung, aber Horse will partout nicht aus der Deckung kommen. Er muss angeblich unbedingt noch was zu Naschen holen und schleicht geduckt zurück zu den Süßigkeiten. Verdutzt schauen wir ihm hinterher. Simultan zucken wir mit den Achseln. Hauptsache er beeilt sich.

Wir schlendern durch die Getränkeregale und komplettieren unseren Einkauf mit einem bunten Strauß an

Softdrinks und Saft, sowie Wasser mit und ohne Kohlensäure. Jetzt nichts wie raus hier.

An der Kasse ist zu unseren Gunsten die Hölle los. Ein Menschenknäuel windet sich miteinander ringend am Boden. Die meisten Kunden sind so sehr mit Gaffen beschäftigt, dass wir uns unbemerkt an der 10-Teile Schnellkasse vordrängeln können. Horse wartet bereits auf uns, zwei Tüten mit Speckmäusen in den Händen haltend. Schnell füllt sich das Band mit Waren. Pro Person haben wir sicher nicht mehr als zehn Teile. Die Kassiererin, auf ihrem weißen Kittel steht „Karla", guckt dennoch pikiert. Wahrscheinlich, weil wir sie vom Gaffen abhalten. Als der Captain ihr bedeutet unsere Waren zu kassieren lächelt sie frech, rührt aber keinen Finger. Trocken beginnt der Captain die Artikel selbst über den Scanner zu ziehen. Ob es piept oder nicht ist ihm egal. Nüsse, Mandarinen und Trauben wandern tonlos zurück vom Band in den Einkaufswagen. Jetzt wird Karla plötzlich schnell und beginnt mürrisch die restlichen Waren zu scannen. Am Ende des Piepkonzerts quittiert ein letzter tiefer Piepton die Zahlung, die der Captain per Karte vornimmt. Anschließend schieben wir den quietschenden Wagen möglichst unbeteiligt an den Beamten vorbei, die immer noch alle Hände voll damit zu tun haben, die Bomberjacken zu fixieren. Keiner beachtet uns.

Auf dem Parkplatz werfen wir die Einkäufe blindlings in den Kofferraum, spenden den Euro im Einkaufswagen und kratzen gerade rechtzeitig die Kurve. Mehrere Polizeifahrzeuge fahren mit Blaulicht auf den Parkplatz. Beim Blick zurück durch die Heckscheibe sehe ich bereits einen Beamten mit Absperrband hantieren. Auf der Landstraße lässt der Captain kurz die 314 Pferdestärken wirken - weg sind wir.

»Das war knapp«, seufze ich. «Jetzt ist wirklich Urlaub angesagt.«

»So ist es«, stimmt mir der Captain erleichtert zu. Horse sagt nichts, hat aber ein nichts Gutes verheißendes Grinsen im Gesicht.

»Spucks schon aus!«, verlange ich auffordernd.

»Alter, fuck«, kichert er. »Mandarinen Head Shot!«

»Head Shot?«, frage ich zweifelnd. Auch der Captain blickt neugierig herüber.

»Ich sag mal so«, sagt Horse beschämt. »Den Liedschatten kann sich die gute Frau von der Käsetheke morgen sparen.«

DREI

Wieder an Board ist die Stimmung ausgelassen. Der weiter aufreißende Himmel trägt seinen Teil dazu bei. Nichts kann uns aufhalten. Ich verstaue unseren Proviant in den Schränken, Horse lädt den Kühlschrank mit Getränken. Zu Wasser, Cola, Spezi und Saft aus dem Supermarkt gesellen sich auch drei klare Freunde aus des Captains Reisetasche - feinster, hochprozentiger Fusel. Danach tauschen wir unsere Zivilkleidung gegen Bootsoutfits. Untenrum lange Unterwäsche und schwere Jeans, ganz unten Stiefel als Korken gegen den Zugwind. Oben Rolli, dann Windbreaker und Wollmütze. Die Sonne scheint zwar, aber bereits in der Marina ist es rattenkalt an Deck.

Kurz bevor es losgeht machen wir ein erstes Selfie. Es zeigt uns guter Laune, voller Euphorie und Tatendrang. Horse im blauen, der Captain im schwarzen und ich im roten Windbreaker, allesamt mit schwarzen Mützen und verspiegelten Sonnenbrillen. Dann lässt der Captain den Motor an.

- *Wrrrum! Tuk Tuk Tuk* - 90 PS, vier Liter Schiffsdiesel. Mir gefällt der Sound, laut und schwer, dazu das

Blubbern des auf der Wasserlinie befindlichen Auspuffs - herrlich. Thaddäus klingt souverän, nicht prollig wie ein Sportwagen, sondern ehrlich, routiniert und großvolumig wie ein alter Deutz. Kurzer Test des Bugstrahlruders, Leinen los, ab dafür.

Die Jacht schiebt sich vorsichtig aus der Parklücke zwischen zwei Schwesterschiffen in eine enge Wende um den Steg herum, in Richtung Havel. Vorn am Bug stehend ziehe ich die Leine, mit der Thaddäus vertäut war, an Deck und rolle sie ordentlich auf, um keine Stolperfalle zu hinterlassen. Mein lachender, aufgeregter Blick vom Bug zurück durch das transparente Windschild offenbart gleichermaßen begeisterte Brüder. Da ist sie wieder, die Magie des ersten Mals.

Das Wasser vor uns ist absolut ruhig. Es gibt weder Strömung noch Wellen. Thaddäus schneidet wie ein Breitschwert durch die perfekte, den Himmel spiegelnde Oberfläche. Nebst dem leisen Wummern des Motors ist es so herrlich ruhig, dass ich einen über uns kreisenden Raubvogel rufen höre. Ich zeige mit dem Arm auf den Jäger. Meine Brüder folgen meinem Zeig und gemeinsam beobachten wir, wie der Jäger ins Wasser hinabstürzt und einen kapitalen Fisch ergattert.

- *Wrrrum!* - röhrt der Motor als der Captain mehr Gas gibt, wir aber noch immer mit gefühlter Schrittgeschwindigkeit fahren. Der Havelarm macht einen ersten

Linksknick und wir umschippern ein weitläufiges Grundstück, das zum Wasser hin abfällt und fließend in die Havel übergeht. Etwas weiter zurück steht ein schrebergartenartiges Tiny House mit reichlich Ost-Charme.

»Machen sie langsam!«, ruft ein grauhaariger Mann aus dem Garten. Ich frage mich wie langsam man noch fahren kann. Er soll sich mal nicht so haben. Kurz hebe ich die Hand zum Gruß und winke. Dann beobachte ich die von uns erzeugten Wellen in den Garten schwappen, nicht besonders weit oder stark - harmlos.

»Langsam!«, ruft der Alte wieder. Ich wende meinen Blick von den Wellen ab und fixiere ihn verdutzt. Kein Schimmer was er hat. Er wedelt wild mit den Armen und rauft sich die Haare.

»Wo hast du denn deinen Führerschein gemacht?«, ruft er spöttisch. »Hast gar keinen, was?«

Irgendwas stimmt nicht. Ich blicke zum Captain, der ebenfalls fragend zum Ufer schaut. Der Motor läuft, doch wir bleiben mit dem frechen Greis auf einer Höhe. Ich schaue erst nach vorn, dann zur Seite. Unmittelbar rechts neben der Jacht schwimmen in gleichmäßigem Abstand jeweils eine grüne und eine rote Boje, etwa fünf oder sechs Meter auseinander. Ich meine mich zu erinnern, das nennt sich Fahrrinne. Die hat nun auch der Captain erspäht und flucht. Schnell nimmt er das Gas raus. Peinlich berührt schaue ich wieder zum Ufer. Der

Greis hält sich gekünstelt lachend den Bauch. Dann kommt er näher heran und übernimmt das Kommando. Zumindest versucht er es.

»Jetzt passen sie mal auf«, ruft er im Befehlston. »Sie müssen erst langsam...«

»Danke, wir kommen klar!«, unterbricht ihn Horse.

»Wirklich?«, fragt unser Peiniger süffisant und kneift affektiert die Augen zusammen. »Sieht für mich irgendwie anders aus.«

Den Hengst zu reizen ist immer ein riskantes Unterfangen. Ich sehe ihn schon ins Wasser springen, zum Ufer schwimmen und Godzilla-Style auf den Alten losgehen. Doch zum Glück ist Horse mittlerweile ein kleines bisschen weise, und high.

»Kümmere dich um deinen eigenen Scheiß«, sagt er beherrscht und zeigt ihm den Mittelfinger. Daraufhin greift der Greis zu unfairen Mitteln und holt sein Handy aus der Tasche. Jetzt reicht es dem Captain, der bislang abwartend am Steuer gestanden und zugehört hat. Thaddäus brüllt auf. Schlamm schießt unter dem Bug hervor und verwandelt das kristallklare Wasser des Havelarms in braune Brühe. Ruckartig schießen wir ein Stück zurück. Ein kurzer Schubstoß vom Bugstrahlruder genügt und die Jacht dreht sich so, dass der Bug in Richtung Fahrrinne zeigt und das Heck in Richtung des Gartens unseres Freundes. Thaddäus brüllt erneut auf, dieses Mal noch lauter. Zum Glück übertönt das Dieselaggregat die berechtigten und mehr als verdienten Flüche, die uns ein gewisser älterer Herr mit auf den Weg schickt. Ich bringe es nicht über mich zurückzuschauen, weder zum Greis noch zur braunen Flutwelle, die in seinen Garten rollt.

Nach diesem Malheur gibt es erst einmal eine Lehrstunde des Captains in Sachen Wassernavigation. Hauptsächlich, glaube ich, ruft er sich selbst den Stoff ins Gedächtnis. Denn obwohl auf einem Sportboot alle Volljährigen auch ohne Führerschein fahren dürfen, solange eine Person mit Fahrerlaubnis an Bord ist, haftet natürlich nur der offizielle Bootsführer.

Die Lehrstunde ist wider Erwarten interessant. Wie in Deutschland üblich gibt es auch auf den Wasserstraßen einen umfassenden Regelkatalog und Schilderwald. Es existieren klare Verhaltensregeln zwischen Binnen-, also Berufsschifffahrt, Seglern, Ruderern, Paddlern und Sportbooten wie Thaddäus. Angehörige ersterer Kategorie haben immer Vorfahrt, egal ob Touristendampfer oder Lastkahn. Alle anderen haben ebenfalls immer Vorfahrt vor Sportbooten. Wir sind ergo die stahlgewordene Nachsicht vor allem und jedem.

Generell verboten ist Ankern in Fahrrinnen, Fahrten bei Dunkelheit, Alkohol am Steuer sowie etliche andere

Dinge, die ich bereits wieder vergessen habe. Schilder an und auf den Wasserstraßen geben Hinweise auf allerlei Gefahren und Hindernisse - Schleusen, Brücken, Untiefen, Fahrrinnenteilung, Vorfahrt, Geschwindigkeitsbeschränkungen und so weiter. Zu guter Letzt erklärt der Captain was wir bereits wissen. Man sollte als Gewässerunkundiger stets die Fahrrinnen beachten, da trotz Echolot immer die Gefahr besteht, dass man im schlammigen Boden auf Grund läuft. Fahrrinnen sind in Stromrichtung rechts mit roter Betonnung und links mit grüner Betonnung gekennzeichnet - oh well.

VIER

Nach einer guten Stunde Fahrt unternehmen wir einen ersten Ankerversuch. Vorsichtig verlassen wir die Fahrrinne. Stets das Echolot im Auge, stehe ich mit dem Captain am Steuerstand. Horse kniet vorne an der Ankerwinde. Nebst zwei kleinen Angelbooten schalte ich in den Leerlauf und warte bis Thaddäus laut Digitalanzeige null Knoten Fahrt macht. Auf mein Zeichen hin lässt Horse den Anker herunter, bis zum Grund und zusätzlich einige Meter Kette mehr, als das Echolot anzeigt. Leichte Fahrt zurück bis die Kette kurz auf Spannung kommt, Motor aus, abwarten. Es geht nur eine leichte Brise, doch mir kommt es vor, als drifteten wir in Richtung eines nahen Schilfteppichs. Meine Nervosität bemerkend beruhigt mich der Captain. Vor Anker liegende Boote schwoften stets ein wenig, wie man das Driften im Fachjargon nenne. Die Angler sehen das anders und scheinen unseren Welpenduft zu wittern. Wie auf ein geheimes Zeichen hin, werfen sie ihre Außenbordmotoren an und verabschieden sich.

Unser Anker scheint zu halten. Allmählich fällt die Anspannung von mir ab und ich lasse die ungewohnten

Eindrücke auf mich wirken. Horse kocht Tee. Es gibt eine erste kleine Mahlzeit an Deck. Zusammen sitzen wir auf der Heckplattform und genießen die Sonnenstrahlen. Psychodelische Trip-Hop Beats machen Gespräche überflüssig. Die chillige Atmosphäre wird nur ein einziges Mal, von einem vorbeischippernden Lastkahn gestört. Die Saison ginge zu Ende, hatte der Hüne gesagt. Er scheint Recht zu haben.

Nach einer viertel Stunde drängt der Captain zur Weiterfahrt. Nachdem die Tassen gespült sind, hole ich den Anker ein. Über eine fest installierte Ratsche geht das kinderleicht und nach wenigen Minuten hängt das Prachtstück aus blankem Edelstahl wieder vor dem stolzen, schneeweißen Bug. Langsam, aber sicher kommen wir uns näher, Thaddäus und ich.

Horse steuert das Boot aus der Bucht heraus, zurück in die Fahrrinne. Der Schalk sitzt ihm im Nacken. Erst spielt er mit dem Gas, dann mit dem Ruder. Als er glaubt die Steuerung einschätzen zu können, wird er übermütig und versucht bei voller Fahrt einen bugstrahlrudergestützten Three-Sixty. Der Wendekreis ist jedoch viel größer als erwartet und für einen kurzen Moment scheint es unausweichlich, dass wir Bekanntschaft mit der Uferböschung machen. Kurz vor knapp greift der Captain ein. Unter Gaswegnahme kriegen wir so eben noch die Kurve. Auf seinen bösen Blick hin erwidert Horse lachend: »Immer locker! Wir müssen doch wissen wie der Kahn reagiert, sollten wir in Gefahr geraten.«

»Mhm«, macht der Captain. »Gefahren, denen wir mit Three-Sixties ausweichen.«

»Sind möglich«, bekräftigt Horse.

»Zum Beispiel, wenn Nessi auftaucht«, steuere ich bei, »oder Cthulhu.«

Trotz lupenreiner Verteidigung des Wendemanövers lässt Horse es anschließend ruhiger angehen. Wir schippern mit knapp sechs Knoten, gut 10 km/h, gemütlich in Richtung Ketzin, unserem Tagesziel. Die dortige Marina soll sehr gut sein und über reichlich Plätze für Gastanleger verfügen. Allerdings haben wir auf der Hinfahrt im Auto einstimmig gegen ein direktes Anlegen in der Marina gestimmt. Wir wollen das größtmögliche Abenteuer. Ankern ist Pflicht. Als Gastanleger genießt man Annehmlichkeiten wie Landstrom, Frischwasser, Duschen und Toiletten. Brauchen wir nicht, wollen wir nicht. Wir wollen das Ungewisse, die Gefahr, die Herausforderung. Leider ist das, wie mir jetzt bewusst wird, wenig glaubwürdig. Thaddäus weißpolierte Außenhaut erinnert eindeutig mehr an Ölscheichs, als an Robinson Crusoe.

Langsam neigt sich der Tag dem Ende. Die Sonne schiebt sich kitschig über die Baumkronen am Horizont. Wir erreichen Ketzin in der Dämmerung. Sieht nett aus, die Marina. Der moderne Steg aus Teakholz mit Edelstahlgeländer sieht aus wie neu. Ein einsames Boot belegt einen der vielen Anlegeplätze. Ich ertappe mich dabei, lieber hier anlegen zu wollen als irgendwo draußen zu ankern. Einen Versuch meine Brüder umzustimmen ist es mir wert. Manchmal muss man bereit sein für seine Überzeugungen einzutreten, auch wenn man dadurch wieder mal als Sissy dasteht - scheiß drauf. Schnell schreite ich zum Steuerstand. Hinter dem Windschild stehen meine Brüder.

»Die Marina sieht echt gut aus«, sage ich und zeige auf die freien Anlegeplätze.

»Wir ankern«, ignoriert der Captain meinen Hinweis und guckt nicht einmal zur Marina herüber. Er spricht wie üblich in Fakten.

»Das hast alles du bezahlt!«, versuche ich es weiter. »Wollen wir deine Investitionen nicht mal in Augenschein nehmen?«

Der Schuss geht nach hinten los. Der Captain zeigt mir den behaarten Mittelfinger. Ich wende mich an Horse: »Komm schon Fury, in Ketzin gibt es bestimmt feine Miezen zum Abchecken.«

»Ne, Pilgrim«, er schüttelt den Kopf. »Da gibt es bestimmt feine Nazis zum Umchecken, sonst nix.«

»Bullshit!«, widerspreche ich vehement, aber der Kampf ist aussichtslos. Die beiden verziehen keine Miene. Sie sehen irgendwie zufrieden aus. Die Erkenntnis trifft mich unvorbereitet. Sie haben es kommen sehen. Man kennt sich.

»Ihr Nutten«, nuschele ich, während ich mich abwende. Sehnsüchtig schaue ich zurück zur Marina.

Nach der Marina, einem Angel- und einem Sportbootclub kommen wir nach kurzer Fahrt an einem Industriewerk vorbei, das im scheidenden Licht ruinenhaft in den Himmel ragt. Hinter einer kanalartigen Zufahrt zum Werk befindet sich eine größere, von Bäumen und Schilf umgebene Bucht.

»Ist ja ideal!«, staunt der Captain. Horse stimmt ihm zu. Mein Blick folgt skeptisch der Fahrrinne, die links abknickend an der Bucht vorbei weiterführt. Auf der Wasserkarte studiere ich die Betonnung am Ende der Bucht: Weiß-rot-weiß gestreifte Rechtecke - Durchfahrt verboten.

»Wirklich ideal«, muss ich zugeben. Eine kurze Rundfahrt durch die Bucht relativiert den ersten Eindruck etwas. An mehreren Stellen ragen verkrüppelte Bäume aus dem Wasser. Trotzdem ist sich der Captain sicher. Die verbleibende freie Fläche ist groß genug für uns. Ich bin alles andere als überzeugt, füge mich aber. Die Sonne wird bald vollständig verschwunden sein und ich möchte nicht daran denken, im Dunkeln irgendwo anlegen zu müssen. Außerdem fragt mich keiner.

Im Windschatten des Industriewerks versuchen wir es. Tiefe unter dem Kiel, laut Echolot, zwei Meter vierzig. Anker runter, kurzes Zurücksetzen, Motor aus, abwarten, passt. Zu meiner Beruhigung liegen wir ein gutes Stück vom Uferschilf entfernt. Auch wenn der Wind sich dreht, sollten wir ohne Probleme komplett um den Anker schwofen können. Vorausgesetzt der Anker hält.

Mit einer letzten Abgas-Flatulenz erstirbt der Diesel. Als der Motor schweigt ist es plötzlich mucksmäuschenstill.

»Passt schon«, sage ich laut, lehne mich an die kniehohe Reling und blicke zum Horizont. Jemand pfeift, erst hoch, dann tief, zweimal kurz hintereinander. Es ist der geheime Code unseres alten Herrn - aufgepasst. Ich drehe mich um. Der Captain steht in der Plicht hinter dem Windschild und zeigt lächelnd den erhobenen Schumi-Daumen, hebt diesen zum Kinn und gießt sich ausgiebig imaginären Stoff in den Rachen. Ich nicke bestätigend, worauf er in die Hände klatscht und durch den Niedergang verschwindet.

An Deck verweilend bewundere ich, wie die orangefarbene Flammenscheibe die Bucht noch ein letztes Mal in unwirkliches Licht taucht, bevor sie endgültig untergeht. Zwischen Bäumen und Industriewerk wird es daraufhin schlagartig dunkel. Nach einer kurzen Gewöhnungsphase können meine Stadtmenschaugen zwar noch das nahe Ufer und die Fabriksilhouette ausmachen, der Rest der Bucht scheint jedoch aus undurchdringlichem schwarzem Nichts zu bestehen.

Ein kurzer Lichtblitz lenkt meine Aufmerksamkeit gen Himmel. Das Ankerlicht ist angegangen. Es leuchtet rot an der Spitze des kurzen Fahnenmastes. Knarzend öffnet sich die Dachluke über der Kombüse. Der Captain steckt kurz den Kopf heraus, guckt zum Licht und taucht wieder ab. Zurück bleibt der köstliche Duft nach Tomaten.

Ein leises Säuseln lockt mich nach hinten. Auf der Heckplattform stehend rieche ich Diesel. Das macht auch Sinn, denn das Säuseln kommt aus dem Auspuff der Dieselheizung an Thaddäus Flanke. Erst jetzt merke ich, dass es nicht nur dunkel, sondern auch noch kälter geworden ist. Schnell öffne ich die Tür des Niedergangs und steige hinab in die Höhle der Löwen, Tisch decken.

Im größten Topf, den Thaddäus zu bieten hat, kochen Nudeln. Daneben, vermutlich im einzigen weiteren Topf, blubbert Tomatensoße. Horse bewacht das Mahl und rührt gelegentlich in den Töpfen.

»Ist sofort fertig«, sagt er freudig als ich ihm über die Schulter schaue. Der größte Teil der aus den Töpfen aufsteigenden heißen Dämpfe zieht nicht durch die schmalen Fenster ab, sondern in den Salon hinauf. Die Scheiben sind bereits beschlagen. Es ist mollig warm und riecht wunderbar nach exquisiter, italienischer Discounterware.

»Zeit für einen Kleiderwechsel«, sagt der Captain und zaubert brandneue, dunkelgraue Marken-Sweatshirts in Superflausch-Qualität aus seiner Reisetasche. Für jeden hat er eins dabei. Überrascht betaste ich den teuren Stoff.

»Beste Perkal-Baumwolle«, sagt er stolz. »Nix, Fruit of the Poor.«

Jedes Sweatshirt trägt ein falsches Zitat auf dem Rücken. Wenn mich nicht alles täuscht, hat der Captain die Kombinationen selbst kreiert. Wer sonst bezöge sich auf Generation X, einen Roman von Douglas Coupland?

Auf meinem Sweatshirt steht:

"ECONOMY OF SCALE IS RUINING CHOICE"
Larry Page

Auf dem von Horse steht:

"YOU ARE NOT YOUR EGO"
Kanye West

Auch der Captain trägt das gleiche Modell mit stilisierter weißer Schrift. Auf seinem prangt:

"EROTICSIZE INTELLIGENCE"
Donald Trump

Horse und ich ziehen die Sweater über und wow, am Körper fühlt sich der Stoff noch besser an als in der Hand. In der neuen Uniform beginnen wir unser Mahl. Das Essen schmeckt köstlich und ist im Nu vertilgt. Es folgt meine mit Spannung erwartete Premiere auf der Schiffstoilette. Zum Glück ein großer Erfolg.

»Gar nicht schlecht«, sage ich zufrieden aus der Bugkabine kommend. »Scheint auch mit größeren Mengen fertig zu werden.«

Horse blickt von seinem Smartphone auf. Emoji schwangere Chatblasen huschen über das Display.

»Das wollen wir doch mal sehen«, murmelt er und verschwindet nach hinten in die Heckkabine. Das Türschloss des WCs rastet ein. Der Captain begreift zu spät. Mit grimmiger Miene erduldet er sein Schicksal.

Derartige, bewusste Dreistigkeiten ihm gegenüber sind außerhalb des Triumvirats eher selten und deshalb umso erfrischender. Da fällt mir ein, womit sich die Wartezeit gut überbrücken lässt. Ich hole eine der Gitarren aus der Transporttasche und spiele Wizo – *Das goldene Stück Scheiße*. Nach einigen Minuten kehrt Horse zurück.

»Männer, das müsst ihr euch ansehen«, sagt er triumphierend. »Wir sind jetzt zu viert!«

Des Captains Wehklagen treibt mir Tränen des Glücks in die Augen. Freiwillig spüle ich ab - das Geschirr, versteht sich.

FÜNF

Nachdem der Abwasch gemacht ist, telefoniere ich mit meiner besseren Hälfte. Daheim ist alles paletti, es kann gesoffen werden. Ich habe mir sagen lassen, dass zum Abenteuer auf See mindestens ein ordentlicher Kater dazugehört. Der Captain kann sehr überzeugend sein.

Wir sitzen im Wohnbereich, Horse und der Captain auf der Eckbank, ich auf einem der Hocker. Die erste Flasche Wodka steht bereits halbleer auf dem Tisch.

»Mysteriös«, staune ich. Der Captain brummt nur.

»Ich weiß von nichts«, behauptet Horse und rülpst. Der Geruch bedarf keiner chemischen Analyse, um vor Gericht verwertbar zu sein - schuldig. Der Rest des halben Liters verschwindet umgehend, pur, aus unseren Gläsern in unseren Mägen.

Aus Tradition wird Mau-Mau gespielt. Horse gewinnt, gefolgt vom Captain, dann wieder Horse. An dieser Stelle verweigere ich weitere Spielrunden ohne Nachschub. Die zweite Flasche Wodka kommt auf den Tisch, dazu Spezi und Erdnüsse. Es wird nicht unbedingt besser. Wodka mit Spezi schmeckt alles andere als gut.

Heimlich manipuliere ich das Mischverhältnis zu Gunsten des Zuckerwassers.

Wir entwickeln einen kräftigen Zug. Der Pegel hilft nicht, mein Erfolg bleibt bescheiden. Also weg mit den Karten. Horse packt seine Gitarre aus, ich greife die meine. Gelockert, angeschickert und voller Elan stimmen wir die Gitarren aufeinander ab. El Capitan steckt sich eine monumentale Zigarre an und lauscht.

Licht aus, Kerzen an, los gehts mit *Reinhard Mey – Sei wachsam.* Horse gefühlsbetonte Art zu Singen ist grandios. Wer sie nicht kennt könnte meinen, er hätte bereits ordentlich einen im Kahn. Ist auch so, sähe aber nüchtern nicht großartig anders aus. Warm gespielt geben wir allerhand eigene Songs zum Besten. Manche sind zwar nur durchschnittlich, die Meisten dafür aber richtig scheiße - so what? Der Captain feiert uns, applaudiert nach jedem Song und trinkt in großen Schlucken. Auf seinen Wunsch hin schwenken wir um auf Klassiker. Nach *Charlie Daniels – Long Haired Country Boy* und *Wolf Biermann – Soldat Soldat*, steigt er mit ein und dropped basslastige Lines zum alten amerikanischen Volkslied *The Good Old Rebel.* Diesen Hit mag er besonders, erzählt er doch davon, dass echte Männer nicht nur die falschen Dinge tun, sondern auch noch stolz darauf sind.

Wir spielen den Song gleich mehrmals, wobei jeder mal eine Strophe solo schmettert. Das keiner den Text richtig kennt, spielt keine Rolle. Wir spielen unsere eigene Interpretation. Die letzte Strophe gehört dem Captain. Hochkonzentriert reimt er:

> *I can't buy bluefin tuna and eat it now no more*
> *But I won't stop to love it, now that is certain sure*
> *Cause I will stay forever a true barbarian*
> *I am no man for tofu, no vegetarian*

Er erhebt sich von der Eckbank, streckt die Arme nach vorne aus und schließt die Augen. Ich steige sofort darauf ein und verlängere das Prelude des Refrains um mehrere Takte mit E-Moll Power Chords. Horse schmeißt seine Gitarre in die Kombüse, ext sein Glas leer und springt auf. Der Captain reißt ein Bein in die Höhe und explodiert in einer phänomenalen Dance-Performance: Oh...

> *I'm a good old rebel, now that's just what I am*
> *And for the green environment I do not give a damn*
> *I love my petrol guzzlers, my Charger and my RAM*
> *I ain't asked any pardon for what I was and am*

Grölend rockt er den Wohnbereich. Die Arme angewinkelt schwingend marschiert er auf der Stelle - erbarmungslose Hingabe. Niemals habe ich Musik so intensiv erlebt, wie in diesem Moment.

Dreifache Wiederholung des Refrains, dann fließender Übergang zu *Nirvana* auf Speed. Ekstatisch führe ich dem musikalischen High weiter Energie zu. Der Captain zieht die Knie perfekt im Takt zum Oberkörper. Horse tut es ihm gleich, bei doppelter Geschwindigkeit. Er zeigt Skippings mit weit gespreiztem Armeinsatz, mittlerweile oben ohne. Mehr, ich will mehr!

Nach *Smells like Teen Spirit* gieße ich den Hurricane der *Scoprions* ins Feuer - purer Wahnsinn. Horse zeigt den Lütten-Helikopter, der Captain marschiert wie im Wahn unaufhaltsam gen Asien. Immer weiter, immer schneller spiele ich die Akkorde, bis auf dem Höhepunkt des Hexentanzes die G-Seite der Gitarre reißt. Ich falle vom Hocker auf die Knie - Satansgruß: »Rock'n'Roll, Baby!«

Horse fällt mir in die Arme.

»Yeah!«, brüllt er mir ins Ohr. Der Captain steht benommen im Raum. Schweiß läuft ihm über die Stirn. Dicke Tropfen fallen von seiner Nasenspitze auf den Boden.

»Hammer«, meint er. »Absoluter Hammer.«

Horse löst sich aus der Umarmung. Meine malträtierten Fingerkuppen hinterlassen blutige Schlieren auf seinem schweißnassen Rücken.

»Lass uns frische Luft schnappen«, sagt er schwer atmend und steigt die Treppe hinauf. Der Captain zieht sich den Superflausch-Pullover über den Kopf, trocknet sich umständlich das Gesicht damit ab und folgt Horse nach draußen. Noch auf der Treppe stehend dreht er sich zu mir um: »Nimm bitte was zu trinken mit Pilgrim, ich verdurste.«

Ich nicke.

»Aber keinen Alkohol!«, schiebt er hinterher.

»Jawohl Herr Hauptmann«, erwidere ich, zwei blutige Finger zur Augenbraue gezogen. Mit zwei Flaschen Mineralwasser bewaffnet steige ich als Letzter in die Nacht hinaus. Vorher drücke ich noch eine Drum and Bass CD in die Bordanlage - Außenlautsprecher: ON.

Obwohl Horse nur Boxershorts und Sneakers trägt scheint er nicht zu frieren. Wie Kate Winslet posiert er an der Reling, den Kopf in den Nacken gelegt zum Mond starrend. Regungslos steht er da. Plötzlich beginnt sich sein rechter Arm wie eine blinde Schlange um die Hüfte zu winden.

»WasS - Sser«, verlangt die lispelnde Schlange. Schnell schraube ich eine der Flaschen auf und drücke sie ins Maul des Biests. Geräuschvoll macht sie sich über den Inhalt her.

Der Captain liegt mit hinter dem Kopf verschränkten Armen auf dem Sonnendeck über der Kombüse.

»Was für eine wundervolle Nacht«, sagt er, den Blick gen Himmel gerichtet. Ich setze mich neben ihn.

»Hast du was zu trinken mitgenommen?«, fragt er, ohne den Blick vom Sternenzelt abzuwenden. Ich lösche zuerst meinen eigenen Brand, dann gebe ich die Flasche weiter. Horse befördert derweil überschüssige Kohlensäure aus seinem Magen und schraubt mit einem imaginären Deckel die offene Flasche zu. Unbemerkt schwappt in kleinen Stößen Wasser aufs Deck.

Der Ruf eines Vogels hallt durch die Nacht. Ein kalter Schauer läuft mir das Rückgrat hinunter und endet mit Kribbeln in den Fingerkuppen. Mir ist warm, sehr warm. Hatte ich nicht vorhin gefroren? Das schwere Metall unter meinem Hintern fühlt sich angenehm kühl an. Langsam lehne ich mich zurück und sinke hinab auf den lackierten Stahl. Jetzt verstehe ich was der Captain meint. Der Nachthimmel ist atemraubend. Der Fast-Vollmond scheint gespenstisch wie das Auge Saurons auf uns herab.

Je länger ich hinaufschaue, desto mehr Sterne zeigen sich am Firmament. Erst sind sie nur hoch oben zu sehen, dann auch tiefer am Horizont. Es ist als ob jemand die transparente Kuppel, unter der wir uns befinden, in ein Sternenmeer taucht. Fasziniert bestaune ich den funkelnden Kosmos und lausche für unbekannte Zeit den gebrochenen Beats, die aus den Boxen vom Steuerstand herüberschallen. Immer neue Sternbilder treiben meine Gedanken von Pontius zu Pilatus. Ein smoothes Saxofon spielt unendliche Soli. Die widerkehrenden Melodien verfangen sich in meinen traumartigen Gedanken. Getragen vom futuristischen Bassdrum-Antrieb steige ich auf, aus mir heraus und dem Mond entgegen.

Eine starke Beschleunigung erfasst mich, schon ist die Stratosphäre durchquert und jeglicher Kontakt zur Erde abgebrochen. Ein weiterer Schubstoß lässt mich an allen mir bekannten Planeten des Sonnensystems vorbeifliegen und tief in die Milchstraße eintauchen. Meine Augen vermögen nicht zu erfassen, wie viele Sterne mich umgeben. Es müssen Milliarden sein. Sprachlos drifte ich durch die Leere.

An der Grenze der Galaxis bremse ich ungewollt ab. Etwas zieht an mir. Es fühlt sich an, als hinge ich an tausend Fäden. Ich winde mich wie ein Aal, kann mich aber nicht befreien. Dann sehe ich ihn, den Space Hulk, aus dessen Kern ein pinker Lichtstrahl auf mich gerichtet ist. Aus achteckigen Fenstern in der Hülle des Raumschiffs starren grässliche Fratzen. Sie lecken sich mit abnormal langen Zungen über ihre schmalen, schwarzen Lippen. Hungrig blecken sie die Zähne. Ich bekomme eine Scheißangst.

Panisch strampele ich herum bis sich etwas Dunkles vor mir auftut. Gegen den Sog des dunklen Mysteriums ist der pinke Traktorstrahl chancenlos. Keine Ahnung ob das gut oder schlecht ist, aber im Moment ist mir alles recht, um den Fratzen zu entkommen. Zum Abschied zeige ich ihnen den Mittelfinger - und stutze. Mein Mittelfinger sieht aus wie mein Pimmel. Ich habe keine Zeit darüber nachzudenken. Die Schwärze ist jetzt überall um mich herum und ich mittendrin. Sie drückt mich zusammen, reißt mich auseinander und komprimiert meine Einzelteile zu einer Miniaturversion meiner Selbst. Ehe ich den Schock überwunden habe, rutsche ich durch einen metallenen Tunnel und lande in der Plicht von Miniatur-Thaddäus. Die Jacht taumelt an Gummiseilen frei hängend über einem reißenden Strom. Die Seile spannen sich, dann schießt Miniatur-Thaddäus plötzlich mit solcher Gewalt vorwärts, dass ich mich am Steuerrad festklammern muss, um nicht von der Heckplattform heruntergeschleudert zu werden. Ein Blick zwischen den Streben des Rades hindurch lässt mich erstarren.

Wie in *Es war einmal das Leben* jage ich durch meine Venen. Auf einer Welle roter Blutkörperchen reitend surft Miniatur-Thaddäus durch meine Zentral-pumpe. Mit enormer Geschwindigkeit katapultiert mein Herz die Jacht in Richtung Kleinhirn. Senkrecht geht es aufwärts, wie in einem Reagenzglas voll kochender Flüssigkeit. Je näher ich meinen Ohren komme, desto lauter wird die Musik - *Dumm Tschik, Dumm Dumm Tschik* - bis sie alles erfüllt und ich mir vor Schmerzen die Miniaturhände auf die Miniaturohren presse. Es hilft nichts. Die Musik wird immer lauter und lauter bis ich sie nicht mehr hören kann, sondern ausschließlich fühle, wie jede Zelle meines Körpers in ihrem Takt zu schwingen beginnt. Die Frequenzen der Instrumente wechseln in den Ultraschallbereich und wie in Omas Schmuck-Reinigungsgerät wird erst Miniatur-Thaddäus und dann Mini-Me von den Schallwellen pulverisiert. Mein Körper zerfällt zu Staub, der augenblicklich vom roten Strom abtransportiert wird. Schon ist er komplett verschwunden und einzig mein Geist bleibt zurück.

Im Takt pulsierend treibe ich körperlos durch mein Gehirn. Von allen Seiten dringen Gedanken auf mich ein. Bilder vom Sex mit meiner Freundin. Erinnerungen an verstorbene Freunde, die schönsten Zeiten und die schlimmsten. Zusammen feiern, prügeln, kiffen, heulen und haten. Taten die ich vergessen oder verdrängt hatte laufen vor meinem geistigen Auge ab wie ein Film. Absolut irre, nochmal beim Nachbarn einzubrechen.

Wahnsinn, dass taube Kribbeln, wenn man voll eins in die Fresse kriegt.

Wie in einer Reifeprüfung meistere ich Stromschnellen aus Emotionen. Hektisch weiche ich Verwirbelungen meines Empfindens aus. Geliebte, verhasste und gleichgültige Menschen wandeln ihre Gesichter fortlaufend im Strudel der Gedanken. Sie rasen dahin während ich sie zu fixieren versuche. Es gelingt mir erst bei den Gesichtern meiner Brüder. Sie sind weit weg, dann unmittelbar neben mir. Ihre Gesichter strahlen vor Glück. Sie sind riesig, ich bin winzig. Der Captain stupst mich mit einem ICE-großen Zeigefinger an. Ich verliere das Gleichgewicht und falle um wie ein Dominostein. Er beugt sich zu mir herunter. Sein riesiger Kopf füllt mein gesamtes Sichtfeld und ehe ich begreife was passiert, schnupft er mich wie Kokain durch die Nase. Es kribbelt und kitzelt und ich spüre wie sich der letzte Rest meiner Existenz auflöst. Ich schreie vor Aufregung, doch kein Laut verlässt meine nicht vorhandenen Lippen. Noch einmal durchströmen mich Erinnerungen im Schnelldurchlauf und fließen aus mir heraus wie Wasser aus einer Gießkanne. Dann endet die Reise abrupt. Schmerzhaft spült mich die Flut an Land.

Die erlebten, geträumten, empfundenen und erfundenen Gedanken hallen in meinem Kopf nach wie Glockenschläge. Es vergeht eine Ewigkeit bis ich sie abstreifen kann. Ganz langsam sickert die Realität in mein Bewusstsein. Wir stehen im Kreis. Der Captain, Horse und ich, Arm in Arm wie Fußballer kurz vor dem Anpfiff. Sanfte Beats tragen uns auseinander. Mein Mund ist staubtrocken. So schwach als hätte ich einen Zehnkilometerlauf hinter mir, schleppe ich mich wortlos zum Niedergang, falle halb die Treppe hinunter und krabble in die Kombüse. Noch mit dem Kopf im Kühlschrank kippe ich in großen Schlucken Cola in mich hinein.

- *Klopf! Klopf!* - Vor Schreck haue ich mir die Kühlschranktür an den Kopf. Helle und dunkle Flecken tanzen in meinem Blickfeld.

- *Klopf! Klopf!* - Der Horror.

Ängstlich drehe ich mich auf den Rücken. Irgendetwas ist da draußen, hinter der Dachluke. Meine Ängste manifestieren das Undenkbare. Das da draußen sieht aus wie eine der schrecklichen Fratzen vom Rand der Galaxis. Starr vor Angst beobachte ich die verzerrten Gesichtszüge. Wie aus weiter Entfernung vernehme ich unverständlich leise, die Stimme des Captains. Als wären seine Lippen zusammengeklebt höre ich mehr die aus den Nasenlöchern entweichende Luft, als seine Stimme. Ist es wirklich er? Riesige Glubschaugen blicken auf mich hinab. Die Zunge, lang wie ein Unterarm, schleckt über das transparente Plastik. Immer verrückter wird die Gestik. Nur die dünne Plexiglasscheibe trennt uns voneinander. Bald wird er sie weggeschleckt haben. Bewegungsunfähig starre ich hinauf. Auf einmal ist das Ding verschwunden. Dort wo seine Zunge das Plastik abgeleckt hat ist ein beschlagener, feuchter Fleck zu sehen. Über dem Plastik leuchtet ein Licht auf. Es ist das Display eines Smartphones. - H_2O - lese ich zitternd.

SECHS

Jemand nimmt gefühlte 500 Kilo Gewicht von meiner Brust. Wenn es nur um Wasser geht, sollte es zu schaffen sein. Eine Flasche ist schnell aus dem untersten Kühlfach gezogen und der Kühlschrank mit dem Knie zugeknallt. Waterboy ist unterwegs - von wegen. Als ich mich aufrichte traue ich meinen Augen kaum. Meine Wahrnehmung spinnt. Der Niedergang läuft vor mir davon. Mit jedem Liedschlag rückt er weiter von mir weg. Ich blinzle irritiert mehrfach, schon ist die Treppe in der Ferne nur noch wage zu erahnen. Dabei bin ich noch gar nicht losgegangen, wie auch? Meine Füße kleben auf dem Boden fest. Die Sohlen sind mit dem Linoleumboden verschmolzen. Lange Fäden bilden sich beim Anheben der Schuhe, als ob überdimensionale Kaugummis darunter klebten. Ich probiere es trotzdem. Schwerfällig setze ich einen Fuß vor den anderen. Schon die zwei Stufen von der Kombüse hoch in den Salon verlangen mir alles ab. Zitternd stemme ich mich hinauf. Mein Puls rast, meine Lunge rasselt vor Anstrengung. Das Wasser fühlt sich schwer wie Blei an.

Oben angekommen muss ich erstmal durchatmen und schließe kurz die Augen - keine gute Idee. Mir wird schwindelig und meine Knie werden weich wie Pudding. Ich klammere mich am Steuerrad fest - nächster Fehler. Das leichtgängige Rad gibt dem Druck meines Gewichts nach und dreht nach links weg. Daraufhin neigt sich Thaddäus heftig zur Seite. Wild beginnt das Schiff zu schaukeln.

Was habe ich getan? Panisch zerre ich am Steuerrad, drehe es zurück nach rechts und versuche das Schiff zu stabilisieren. Leider bewirke ich das genaue Gegenteil und die Turbulenzen verschlimmern sich noch. Das Wasser fliegt mir aus der Hand und schließt sich der Lawine aus Gedöns an, die quer durch den Salon rumpelt. Was ist da draußen nur los? Ich ahne Böses.

Ein Bein ins Steuerrad geklemmt reiße ich mit den Armen die Vorhänge zur Seite - Schockstarre. Riesige Wellen mit schäumender, weißer Gischt treffen frontal gegen Thaddäus Bug. Regen prasselt gegen die Scheiben. Hektisch suche ich den Schalter für die Scheibenwischer, kann ihn aber nicht finden. Alle Schalter sehen gleich aus. Ich rufe nach meinen Brüdern. Niemand antwortet. Verzweifelt schreie ich mich selbst an. Tränen laufen mir die Wangen hinab. Die nächste Welle rollt von Steuerbord heran. Ein riesiger Brecher, zwanzig Meter hoch und mehr. Ich kämpfe mit dem Steuerrad und unvorstellbar starkem Harndrang. Im letzten Moment kann ich den Schiffsbug in die Welle drehen. Mit ohrenbetäubendem Donner rauschen die Wassermassen über die Jacht hinweg. Mit angehaltenem Atem beobachte ich die tosenden Fluten vor den Fenstern. Wie die Spitze eines Speers sticht Thaddäus durch die Welle.

»Wo ist eigentlich das andere Wasser?«, kommt es mir in den Sinn. »Das zum Trinken?«

Mit dem Steuerrad kämpfend drehe ich den Kopf zu allen Seiten. Auf der Eckbank liegt wonach ich suche. Ohne weiter darüber nachzudenken, hechte ich über den Tisch auf die Bank und schnappe mir die Flasche. Dann halte ich verdutzt Inne. Das Tosen des Windes ist ebenso verschwunden wie das Trommeln des Regens. Das Unwetter scheint so plötzlich vorüber zu sein wie es gekommen ist. Es ist gespenstisch ruhig im Salon. Einzig mein röchelnder Atem ist zu hören.

Wie ein nasser Sack hänge ich schnaufend auf der Eckbank. Schweiß rinnt mir in die Augen. Meine Gedanken sind wirr. Warum sitze ich hier? Mein Kurzzeitgedächtnis scheint außer Betrieb zu sein. Ich schüttele mich und gebe mir selbst eine Backpfeife. Das gelingt mir besser als geplant. Unmittelbar schmecke ich Blut im Mund. Der Schmerz bringt ein kleines bisschen Klarheit in meinen Verstand - Handy, H2O, Captain.

Ich spritze mir einen Schuss Wasser aus der Flasche ins Gesicht und genehmige mir einen großen Schluck. Weiter, weiter, immer weiter. Stöhnend drücke ich mich hoch und hinke mit zittrigen Knien zur Treppe des Niedergangs.

An Deck ist es stockfinster. Langsam taste ich mich an der Reling entlang. Mit jedem Schritt werde ich sicherer. Meine Augen gewöhnen sich an die Dunkelheit und der Schrecken der letzten Minuten verflüchtigt sich in der kalten Nachtluft.

»Captain? Horse? Seid ihr da?«, frage ich in die Dunkelheit.

»Wasser, Wasser«, höre ich die schwache Stimme des Captains vor mir. Er hängt völlig ausgelaugt über der Reling. Die Knie eingeknickt, die Arme lang herunterhängend stammelt er vor sich hin.

Ich hieve ihn von der Reling. Schlaff hängt er in meinen Armen. Mit einer Hand schraube ich die Flasche auf und setze sie an seine Lippen. Es läuft ihm sprudelnd aus den Mundwinkeln, doch einiges geht auch die Kehle hinunter. Das Kleinkind in den Armen wiegend drücke ich ihm fast den gesamten Rest der Flasche auf einmal rein. Daraufhin beginnt sein schlaffer Leib zu zucken. Es durchfährt kurz alle Gliedmaßen, dann rülpst er mächtig.

Ich ziehe seine Arme zur Flasche. Nach kurzer Fixierung hält er sie selbstständig - braves Baby.

»Wo ist Horse?«, frage ich, wobei ich die Worte bewusst sehr langsam ausspreche. In Zeitlupe dreht mir der Captain den Kopf zu.

»Wer?«, fragt er heiser.

»Horse.«

»Horse?«

»Ja Horse, dein Bruder.«

»Mein Bruder?«

Sein Kinn sinkt auf die Brust. Die Lieder fallen ihm zu und nach nur einem Augenblick beginnt er zu Schnarchen. Ich beuge mich zu ihm herunter, da öffnen sich seine Augen wieder und er lallt: »Horse is nich da? Der hatte doch n Auftrag.«

Sein Kopf ruckt hoch. Mondlicht reflektierende, wahnsinnige Augen starren direkt in die meinen.

»Befehlsverweigerung«, flüstert er. »Dafür geht er in den Bau.«

Mühsam richtet er sich auf, schwankt und stützt sich an der Reling ab. Mit der Wasserflasche in der Hand taumelt er in Richtung Plicht. Ich lasse ihn ziehen. Wo kann Horse nur sein? Auf der Suche nach dem Kleinen umrunde ich das Deck des Schiffs, kann aber nichts entdecken. Ich will schon aufgeben und dem Captain ins Schiff folgen, da bemerke ich an der Deutschlandfahne am Heck die schwarze Leine von der Bugkrampe. Fest verknotet führt sie leicht durchhängend in die Dunkelheit. Verwundert ziehe ich die Brauen zusammen und folge dem Seil zum Ufer. Irgendetwas reflektiert das schwache Licht des Ankerlichts. Ich recke und strecke mich, verrenke mir den Hals und ja, da ist was. Etwas metallisches hängt in einem der Bäume am Ufer. Es ist der ausziehbare Aluminiumhaken.

- Peng! - Die Tür des Niedergangs knallt zu. Die Verriegelung knackt laut in meinen Ohren. Ich springe rechts am Steuerstand vorbei auf den schmalen Gang und blicke durch die Fenster. An Steuerbord kann ich nichts erkennen, die Vorhänge sind zugezogen. Innen brennt nur eine kleine Lampe, oder ist es eine Kerze? Auf jeden Fall ist es zu wenig Licht, als dass sich durch die dicken Vorhänge Silhouetten abzeichneten. Schnell klettere ich weiter aufs Sonnendeck über der Kombüse. Die Vorhänge nach vorne sind offen.

Im Kerzenschein erblicke ich den Captain im Salon. Er trägt nur noch Stiefel und Anorak. Seine Flöte hängt frei, mittig des offenen Mantels. Mit dem dekorativen Plastikfisch aus der Kombüse in der Hand gestikuliert er ausschweifend. Er scheint mit jemandem zu streiten - Horse? Ich drücke mich ans Fenster, der Captain steht direkt unter mir. Ich kann nicht erkennen mit wem oder was er streitet.

Mein Blick fällt auf die Tür des Niedergangs. Der Riegel ist vorgeschoben. Ein Hocker aus dem Wohnbereich klemmt unter der Klinke und mit dem Fuß zwischen zwei Treppenstufen. Verflucht, was soll das?

Wild hämmere ich mit den Fäusten gegen die Scheiben. Der Captain schaut verärgert zu mir auf. Ich zeige auf den Niedergang. Er dreht sich kurz um, blickt finster wieder hoch und schüttelt den Kopf. Ehe ich meinem Ärger darüber Luft machen kann, steigt er die Stufen in die Kombüse hinab und damit raus aus meinem Sichtfeld.

- *Knack, Knack* - Die Ankerkette knackt mehrfach auf Spannung - Horse! Schnell begebe ich mich zurück zum Heck. Es ist tatsächlich Horse. Er hängt wie ein Green Barett an der schwarzen Leine. Die Beine verschränkt über dem Tau zieht er sich stückweise mit den Armen vorwärts. Erst sieht es so aus als trüge er Tarnkleidung, doch als er nur noch zwei Meter entfernt ist erkenne ich, dass er von oben bis unten mit Schlamm beschmiert ist. In einer Seilschlaufe hängt etwas an seinem Rücken. Mir stockt der Atem - Alf?

- *Wuff, Grr!* - Alf klingt bedrohlich nach Kampfhund.

»Los, hilf mir Pilgrim«, stöhnt Horse außer Atem am Seil hängend. Er öffnet die Schlaufe und schwingt Alf zu mir herüber. Überrascht breite ich die Arme aus. In der Dunkelheit ist kaum etwas zu erkennen. Ich fasse blindlings zu und habe Glück. Mit der rechten Hand bekomme ich das Würgehalsband zu fassen, dass Alf um den Hals trägt. Röchelnd klatscht Gordon Shumway aufs Deck. Vorsichtig mustern wir uns. Er leckt an meiner Hand - alles easy.

Horse öffnet die Beinschere, hangelt sich das letzte Stück weiter auf die Badeplattform und steigt die Leiter hinauf. Sein linkes Auge ist blutunterlaufen. Getrocknetes Blut klebt ihm an Wange und Hals.

»Wir müssen sofort weg«, sagt er mit ernster Miene, nimmt mir den Hund ab und versucht die Tür des Niedergangs zu öffnen. Da sie sich nicht öffnet, reißt er mit Gewalt daran. Die Tür gibt keinen Zentimeter nach. Fragend blickt er mich an.

»Der Captain hat die Tür verriegelt«, informiere ich ihn über die Fakten. »Vielleicht will er in Ruhe einen abseilen.«

Verärgert springt Horse auf und tritt sehr nah an mich heran. So nah, dass ich die enorme Hitze spüre, die sein Körper ausstrahlt. Er riecht nach nassem Köter.

»Das ist nicht witzig«, sagt er bedrohlich flüsternd. »Hier laufen Dinge ab, von denen du keine Ahnung hast.«

Er kommt noch näher. Zwanghaft schiele ich in sein blutiges Auge.

»Menschenopfer, Kannibalen, Voo - doo«, zieht er das letzte Wort in zwei Teile. Mit fällt die Kinnlade herunter.

»Ka, Ka, Kannibalen?«, stottere ich geschockt.

»Ja«, bestätigt er, »und sie sind hinter mir her. Ich musste alles riskieren um Timmy – er krault Alf am Kopf - vor dem Tod zu bewahren.«

Eine Träne läuft ihm die Wange hinunter und er fährt schluchzend fort: »Sie hatten ihn angekettet, allein, im Wald. Kannst du dir das vorstellen? An einem scheiß verrosteten Käfig!«

Seine Stimme überschlägt sich: »Er ist der einzige Überlebende. Nur noch abgenagte Knochen lagen da rum.«

Er wischt sich die Tränen weg und endet mit fester Stimme: »Ich muss sofort mit dem Captain sprechen.«

Ich verstehe überhaupt nichts mehr. Mit den Nerven am Ende schluchze ich: »Was für eine verdammte Scheiße! Erst die Alienfratzen, dann der Sturm und jetzt auch noch Kannibalen! Wie sind wir da nur hineingeraten?«

Horse schaut mich fragend an. Dann legt er mir eine Hand auf die Schulter: »Die Sache ist verdammt ernst Pilgrim, aber wir können es schaffen. Wir werden es schaffen, weil wir es immer schaffen.«

»Meinst du?«, frage ich unsicher, so wie ich mich fühle.

»Sicheres Ding«, nickt Horse entschlossen. »Aber wir brauchen den Captain.«

Alles Klopfen hilft nichts. Die Tür bleibt zu, der Captain vor unseren Blicken verborgen. Wir probieren es an der Dachluke, doch die ist ebenfalls verriegelt. Während wir überlegen was wir tun können, dreht Horse den Kopf hin und her. Er spitzt die Ohren und hebt den Zeigefinger: »Da schnarcht doch jemand.«

Er klettert über die Reling, hängt sich an die Kante des Stahldecks und späht durch ein Bullauge in die Bug-kabine.

»Da haben wir ihn.«, konstatiert er. Ich lehne mich über die Reling. Vor Aufregung kraule ich Alf hinter den Ohren. Horse linker Arm verschwindet im Bullauge. Plötzlich wird er wild hin und her geschleudert, an die Wand gezogen und wieder weggedrückt. Bildhaft erscheint mir ein teuflisches Ungeheuer - peitschende Tentakel, Beißwerkzeuge mit Giftinjektoren, Hau Ha, Cthulhu Chata!

»Mach die verdammte Luke auf«, quetscht Horse durch zusammengebissene Zähne hervor.

»Horse?«, ertönt des Captains Stimme röchelnd aus der Kabine. »Bist du das?«

»Mach die Luke auf!«, erwidert Horse mit schmerzverzerrtem Gesicht. »Mach sofort die Luke auf!«

Daraufhin endet das Zappeln und der Kampf ist vorbei. Schwer atmend zieht sich Horse über die Reling zurück an Deck. Ich befürchte große Risswunden zu sehen, doch sein Arm ist vollkommen unversehrt. Alf schleckt ihm freudig, mit dem Stummelschwanz wedelnd, die Waden.

Die Dachluke über der Kombüse öffnet sich einen Spalt weit. Aus der Luke strömt warme Luft, wie aus einem Kaminschacht. Horse drückt sie weiter auf, steckt die Füße hinein und schwebt wie ein Turner am Barren in der Luft. Er nickt mir zu, hält die Luft an und lässt sich hinabfallen. Alf blickt hinter ihm her. Nach einem Moment der Ungewissheit kommt die Entwarnung: »Alles sicher hier unten. Pilgrim, gib mir den Jungen an.«

Vorsichtig greife ich den Außerirdischen am Brustkorb und reiche ihn durch die Luke. Anschließend lasse ich mich selbst hinunter, schließe die Luke hinter mir und verriegele sie erneut.

SIEBEN

Es ist höllisch heiß im Boot. Voll aufgedrehte Gaskochfelder haben die Kajüte in einen Hochofen verwandelt.
Außer den Herdflammen erleuchtet nur die dicke, über
den Rand gelaufene Kerze den Innenraum. Sie steht im
Salon, neben dem Hexenmeister, der ein dunkles Ritual
vollzieht. Mehrere geschälte Bananen liegen fein säuberlich zu einem Kreis arrangiert auf dem Fußboden. In
der Mitte des Kreises steht, mit Klebeband am Boden
befestigt, meine elektrische Zahnbürste. Der Plastikfisch
aus der Kombüse steckt waagerecht aufgespießt auf
der Metallspitze, auf der sich sonst der Bürstenkopf befindet. Im Schneidersitz dahinter, unter der halb aus der
Wand gerissenen Schaltertafel, sitzt der Captain. Die
Augen geschlossen, die blanken Arme ausgestreckt
umschließen seine Hände die nackten Knie. Seine Jacke
hängt über den Schultern, die schwere Kapuze reicht bis
tief in sein Gesicht.

- Grrr! - Alf knurrt kehlig. Horse hält ihn am Hals-
band fest. Geduckt nähern sich der Jäger und sein Biest
dem Bananenkreis.

»Captain«, fragt der Jäger sanft, »was ist hier los?«

Gebannt starre ich auf die von Bartstoppeln umgebenen Lippen des Schamanen - keine Regung.

»Captain?«, widerholt der Jäger, da hebt sich der Kopf und die Kapuze rutscht ein Stück zurück. Schwarz umrandete Augen blicken düster unter der Kapuze hervor. Das Kerzenlicht flackert. - *Wuff! Grrr!* - Alf zieht mit ganzer Kraft und stemmt sich auf die Hinterbeine. Horse hält ihn kurz. Schwulstige Adern treten auf seinen muskulösen Oberarmen hervor. Langsam setzt er sich dem Captain gegenüber auf den Boden. Sie blicken sich in die Augen, kommunizieren für unbekannte Zeit auf unsichtbarem Wege. Die Digitalanzeige über der Tür zur Heckkabine ist ohne Funktion. Alf trippelt unsicher auf der Stelle. Die Spannung steigt. Der Klimax entgegenfiebernd, wage ich nicht mich zu bewegen. Plötzlich richtet sich Alfs kupierter Schwanzrest auf. Sein muskulöser Körper beugt sich. Er pumpt und presst und beginnt zu schnauben. Winselnd versucht er sich zu lösen, doch Mr. Hanky steckt fest - thank God. Schließlich erzielt er einen Teilerfolg und furzt. Erleichtert hechelnd legt er sich auf die Seite. Horse massiert ihm den Bauch.

Blitzartig greift der Captain zur Mitte des Bananenkreises und betätigt den Schalter der Zahnbürste. Der Fisch tanzt. Vor Schreck verliere ich die Kontrolle über meine Blase und erleichtere mich in die Spüle. Hinter mir gesellt sich zum - *Wrrr!* - des Elektromotors unmittelbar das bedrohliche - *Grrr!* - des knurrenden Außerirdischen. Neugierig wende ich mich um, ohne mein „Work in Progress" zu unterbrechen. Irritiert schaltet der Captain die Zahnbürste wieder aus und greift eine Chiquita.

»Banane?«, fragt er freundlich, den gelben Lümmel direkt vor Alfs Nase haltend. Hastig schnappt sich dieser das verlockende Fresschen. Es scheint ihm zu schmecken. Die Hand des Captains krault ihn beim fressen am Kopf.

»Brav«, sagt er. Seine Stimme klingt wie herunter gepitcht. »Braver Junge.«

Horse erhebt sich und tritt hinter den Schamanen zur Schaltertafel. Während ich kurz das Wasser aufdrehe und die Hose schließe, beobachte ich ihn. Einige Schalter fehlen in der Konsole. Lose Kabelenden hängen aus schwarzen Löchern im Plastik.

»Fuck«, seufzt Horse und winkt mich heran. »Komm her Pille. Komm, sieh dir das an.«

Vorsichtig mache ich mich auf den Weg, vorbei am harmonischen Fress-Kraul-Duo zu Horse.

»Die Kabel wurden durchgebissen«, er hält mir ein Kabelende vor die Nase. »Guck, die Spuren an der Isolierung.«

Skeptisch betrachte ich die Kabel näher. Tatsächlich befinden sich auf einem gut zwei Zentimeter breiten, zerfransten Kabelende Zahnabdrücke.

»Das darf nicht wahr sein«, sage ich ungläubig.

Mit verschränkten Armen stellt Horse fest: »Ich weiß nicht wie sie es geschafft haben, aber sie waren bereits hier. Kein Wunder, dass der Captain uns nicht hereingelassen hat.«

Er dreht sich zum Captain um und klopft ihm auf die Schulter: »Gut gemacht, Captain.«

Kurze Zeit später sitzen wir im Kreis um den auf drei Früchte geschrumpften Bananenkreis. Horse schildert dem Captain die Story mit dem Jungen und endet erneut unter Tränen mit den abgenagten Knochen. Zärtlich streichelt er den schlummernden Wauwau. Ich brenne darauf vom Sturm zu erzählen, kann mich aber nur noch bruchstückhaft erinnern. Ich gebe wieder, was mir noch einfällt - Riesenwellen, Aliens, Mini-Me. Der Captain hört geduldig zu.

»Männer«, sagt er nach kurzer Grübelei, »mir ist gerade so einiges klar geworden. Ich denke ich weiß, mit wem wir es zu tun haben. Das Puzzle setzt sich Stück für Stück zusammen.«

Seine Hände formen eine Merkel-Raute: »Erstens, wir haben es mit total kaputten Motherfuckern zu tun. Zweitens, obwohl wir noch keinen von den Bastarden gesehen haben, steht außer Frage, dass sie es auf uns abgesehen haben. Die zerstörte Schaltertafel, der misshandelte Junge und vor allem die Giftattacke auf Pilgrim beweisen es.«

»Giftattacke?«, fragt Horse überrascht. Vor Schreck halte ich den Atem an.

»So ist es«, bestätigt der Captain und führt weiter aus: »Es ist naheliegend und logisch, - er *schaut mich eindringlich an* - wenn man seinen Worten Glauben schenkt, was ich tue. Zumal der schwarze Urin meine Vermutung bekräftigt.«

»Wa, was?«, verschlucke ich mich. »Schwarzer Urin?«

Im Nu bin ich auf den Beinen, ziehe mir die Hose herunter und inspiziere meinen Lümmel. Besserwisserisch fährt der Captain unterdessen fort: »Keiner von euch konnte es sehen, aber ich. Als Pilgrim gerade in die Küche strullte, da war der Strahl dunkel, sehr dunkel. Schwarz.«

Ich entdecke nichts Ungewöhnliches.

»Das ist verdammte Scheiße nicht lustig«, brülle ich den Captain an und spucke aus Versehen dabei. Mit dem Ärmel wische ich mir den Speichel von den Lippen: »Ich kann mich zwar nicht an die Farbe meines Prachtstrahls erinnern, aber schwarz war er sicher nicht!«

Beschwichtigend breitet der Captain seine Arme aus.

»Na gut«, sagt er spitz, »dann lüge ich wohl.«

»Weil ich ja auch so viele Gründe habe zu Lügen!«, bellt er mir ins Gesicht. »Vergiss nicht wer hier das sagen hat! Wenn ich sage die Pisse war schwarz, dann war sie schwarz!«

Ich koche fast über. Der alte Hypochonder hat Hirngespinste.

»Das ist doch auch gut«, versucht Horse mich zu beruhigen. »Zeigt doch, dass du die Scheiße wieder ausgeschieden hast. Denk nach Pille, denk nach.«

Ich denke nach.

»Ich weiß nicht was«, zwinge ich mich ruhig zu sagen, »aber irgendetwas stimmt hier nicht.«

Ich versuche mir einen Reim auf das alles zu machen, finde aber keine logische Erklärung. Weder die Lüge macht Sinn noch der dunkle Urin. Es sei denn, ich hätte mir das Gift selbst zugeführt.

»Vielleicht war es der billige Fusel?«, spreche ich einen spontanen Gedanken laut aus - da platzt dem Captain der Kragen.

»Ich glaube, ich spinne!«, schreit er. »Das war der teuerste Wodka, den du mittelloser Bettelstudent jemals getrunken hast!«

- DÄNG! - Meine linke Faust schnellt vor und knallt gegen seine rechte Augenbraue. Von der Wucht des Schlages kippt sein Kopf nach hinten. Ich setze nach und lande einen rechten Haken, weil er sich dazwischenwirft, in Horse Magengrube. Dessen Augen treten überrascht hervor und ihm bleibt die Luft weg.

- *PAFF!* - Ein Schwinger des Captains landet auf meinem Jochbein. Mein Kopf schleudert zur Seite. Kurz wird es dunkel.

»Schluss jetzt!«, brüllt Horse, fährt die Arme aus und packt erst den Captain, dann auch mich an der Gurgel. Alf verzieht sich fiepend unter den Tisch.

»Scheiß auf die Pisse!«, fetzt Horse aggressiv, abwechselnd hin und her schauend. »Es hilft uns nicht, wenn wir uns gegenseitig fertig machen. Wir müssen zusammenhalten!«

Ich röchele panisch. Dem Captain geht es nicht besser. Der Ohnmacht nahe versuche ich zustimmend zu nicken. Endlich merkt Horse, dass wir kurz vor dem Abnippeln sind. Der Darth Vader Würgegriff lockert sich. Ich falle nach vorn auf die Hände und sauge gierig Luft ein, wobei mir ein Schwall Blut aus dem Mund läuft. Tränen steigen mir in die Augen. Als sich mein Puls wieder einigermaßen beruhigt hat, wische ich die Tränen weg und reiche dem Captain die Hand.

»Fuck, sorry«, entschuldige ich mich. »Ich bin durchgedreht.«

»Holy crap«, hustet er und schlägt ein. »That escalated quickly.«

Auch ihm laufen die Tränen über die Wangen. Die salzige Flüssigkeit löst seine Kriegsbemalung auf.

»Warum bist du überhaupt nackt?«, frage ich.

»Keine Ahnung«, verblüfft guckt er an sich hinab als wäre ihm die Tatsache neu. »Ich glaub mir war einfach nur warm.«

»Und die Augen?«

»Was ist damit?«

»Die schwarze Brille?«

»Die ist wegen der Viecher.«

»Welche Viecher?«, fragt Horse. Der Captain denkt einen Moment lang angestrengt nach.

»Kann ich nicht sagen«, gesteht er. »Da waren diese Viecher. Viele von ihnen. Miese kleine Dinger. Und... deshalb... brauchte ich...«

Er schüttelt den Kopf: »What the fuck?«

Verstört guckt er in die Runde: »Ich habe keinen blassen Schimmer.«

Wir versuchen die chaotischen Geschehnisse in eine chronologische Reihenfolge zu bringen, bekommen aber gar nichts auf die Reihe und enden schweigend in Stille. Das Schweigen zieht sich. Nervös beginne ich mit dem Plastikfisch zu spielen. Es fällt mir immer schwerer einen klaren Gedanken zu fassen. Horse scheint es ähnlich zu gehen. Sein schizophrener Blick ist abwechselnd wirr und hochkonzentriert. Immer häufiger schaut er kurz auf, blickt an mir vorbei und erschrickt. Als ich mich umdrehe, um zu sehen was ihn aus der Fassung bringt, entdecke ich nichts Ungewöhnliches. Alles ist ruhig. Alf liegt dösend unterm Tisch. Thaddäus liegt bewegungslos vor Anker. Es ist geradezu unangenehm ruhig. Nicht chillig ruhig, sondern gespenstisch ruhig. Wir sind still, weil wir weder wissen was passiert ist, noch was wir jetzt tun sollen. Die Stille ist unerträglich.

»Wir hauen ab«, platzt es schließlich aus dem Captain heraus. »Sofort!«

Er spricht mir aus der Seele.

»Ja, nichts wie raus aus der Teufelsbucht«, freue ich mich über den Vorschlag. Eigentlich ist mir egal was wir machen, Hauptsache wir machen überhaupt irgendwas. Die tödliche Stille der vergangenen Minuten sitzt mir im Nacken wie der Gewehrlauf eines Erschießungskommandos.

Horse sieht bleich aus. Hat er überhaupt zugehört? Seine Augenbrauen schieben sich zusammen, immer stärker, immer weiter bis sie sich küssen - Monobraue. Angestrengt blickt er unter den Tisch.

»Horse?«, fragt der Captain. »Alles klar bei dir?«
Horse reagiert nicht.

»Ho - orse?«, fragt er melodisch trällernd.

»Tschhhrrrrrrrr...«, er ahmt statisches Rauschen nach.

»Houston an Horse, bitte melden.«

Als immer noch keine Reaktion kommt, probiere ich es: »Houston an Horse, bitte nehmen sie den Hobel von den Lippen und korrigieren sie den Kurs.«

Zögerlich dreht er mir den Kopf zu und sagt: »Alter!« Langsam, ganz langsam, wandern seine Pupillen in meine Richtung.

»Alter!«, stoße ich verblüfft aus, als sie mich treffen.

»Liegt da ein Pitbull unter dem Tisch?«, fragt er entgeistert.

»Bist du es, Daywalker?«, frage ich zurück.

Meine Stimme klingt fremd in meinen Ohren, so als käme sie aus weiter Ferne. Horse antwortet mir, aber ich höre seine Worte nicht. Tonlos bewegen sich seine blassen Lippen im schummrigen Flammenlicht. Im rot geäderten Geäst seiner Augen drehen sich schwarze Strudel. Mit offenem Mund starre ich meinen Bruder an, unfähig mich zu artikulieren. Er starrt zurück, an meinem Kopf vorbei, unter den Tisch. Wir bleiben uns die Antworten schuldig.

»Schluss mit dem Quatsch«, holt uns der Captain zurück ins Boot. Er erhebt sich, zieht uns auf die Beine und rattert los: »Kadetten stillgestanden, Captain auf Brücke! Pilgrim, Anker lichten. Horse, Leine kappen.«

»Jawohl, Herr Kapitän«, erwidern wir einigermaßen simultan, wenn auch kraftlos.

Ich habe schon den Riegel der Tür gelöst und will gerade den eingeklemmten Hocker von der Treppe wegziehen, da hält mich der Captain am Arm fest: »Geht besser durch die Luke raus, ist sicherer.«

ACHT

Durch die Dachluke hereinzukommen war einfach. Wieder hinaus zu gelangen gestaltet sich deutlich schwerer. Nur mit Horse Hilfe gelingt mir der Aufstieg.

Die Nachtluft ist erfrischend kalt, der Himmel beinahe sternenklar. Lediglich ein paar hauchdünne Wolkenfetzen zeichnen sich vor dem Mond ab. Schade, dass die Anlage schrott ist. Mit ein paar untermalenden Beats würde ich den Anblick gern länger genießen, so wie vorhin - vorhin? Verwirrt verwerfe ich den Gedanken. Jetzt bloß nicht ablenken lassen. Es ist still hier draußen, ohrenbetäubend still. Zum Glück steckt die Hebelstange bereits in der Ankerwinde und ich kann mich gleich an die Arbeit machen.

- *Klack Klack* - Die Ratsche klingt wie Musik in meinen Ohren. Keine Chance für die ätzende Stille. Laut pfeifend nehme ich den Kampf auf: »Verrecke elendes Schweigen.«

- *Klack Klack* -

»Weiche von mir, akustischer Tod.«

- *Klack Klack* -

Meter um Meter rollt sich die Kette auf. Ich zwinge mich, dass Gefühl zu ignorieren, das mir sagt, dass da etwas ist, immer genau da wo ich gerade nicht hinschaue - über mir, hinter mir, neben mir. Die Paranoia wird immer stärker. Am Heck platscht und spritzt es, doch ich bin viel zu beschäftigt um dem Treiben Aufmerksamkeit zu schenken. Der Anker kommt aus dem Wasser, schmiegt sich an den Bug an und mit einem Mal ist es vollkommen still. Ich verharre und lausche. Ein Vogel ruft. Es ist eine Warnung. Ich spüre eine Gefahr direkt hinter mir. Die abgezogene Hebelstange in der Hand springe ich auf, bereit im letzten Gefecht mein Leben zu verteidigen. Ich drehe mich ruckartig um, stolpere rückwärts gegen die Reling und hebe den Arm mit der Hebelstange zum Schlag. Doch da ist nichts, rein gar nichts - weder die Inkarnation des Schweigens noch die manifestierte Stille. Was hatte ich eigentlich erwartet?

Stattdessen kommt Horse vom Heck nach vorn. Er hat die Leine nicht gekappt, sondern eingeholt. Langsam senke ich das Stahlrohr während Horse klitschnass in meine Richtung stapft. Triefend bleibt er vor mir stehen, die Leine säuberlich aufgerollt über der linken Schulter hängend. Der Dreck ist weg, die Hose auch. Den Aluminiumhaken aufrecht wie einen Speer in der Rechten, die Linke in die Hüfte gestemmt erklärt er flüsternd: »Besser keine Spuren hinterlassen.«

Wir nicken uns wissend zu, legen Hebelstange, Haken und Tau beiseite und gehen zurück zur offenstehenden Dachluke.

- *Wrrrum! Tuk Tuk Tuk* - Der dritte Motorstart klingt noch besser als die zwei vorherigen. Hallo Diesel, wie hast du geschlafen? - *Wrrrum! Wrrrum!* - Fabelhaft.

Ich steige zuerst hinab in die Kombüse. Es ist drinnen beinahe so dunkel wie draußen. Das Herdfeuer ist aus. Zuerst denke ich, der Captain hat es ausgestellt, doch bei näherer Betrachtung stehen die Regler nach wie vor auf große Flamme - Gas leer. Horse landet hinter mir. Alf springt fröhlich wedelnd an ihm hoch. Horse steht da wie versteinert. Die Knie zusammengepresst erträgt er widerwillig Alfs Freudentanz. Den Blick auf den Pitbull gerichtet fragt er unsicher: »Wem gehört die bekackte Töle?«

»Dir«, erwidere ich und kraule Alf hinter den Ohren. »Zumindest hast du sie mitgebracht.«

»Ja?«, fragt er unsicher. »Aber warum?«

Ich lasse Horse mit dem Außerirdischen allein und schreite zum Steuerstand. Hinter dem Plastikrad steht der Captain in heroischer Pose. Er isst Weintrauben aus einer transparenten Plastikschale. Neben ihm stehend schaue ich durch die Fensterfront. Es ist nichts zu erkennen.

»Verdammt, das wird ein Blindflug«, sage ich angespannt.

»Das glaube ich nicht«, erwidert der Captain und zeigt mit dem Arm auf die Scheiben über der Eckbank. Mit Klebeband fixiert pappt sein Smartphone am Glas. Das Display zeigt den Navigationsmodus. Daneben klebt die Wasserkarte der Umgebung und in der unteren Ecke der Karte, zu meiner Verwunderung, mein eigenes Mobiltelefon. Die laufende Applikation kenne ich nicht. Sieht aus wie ein digitaler Kompass. Als ich näher herangehe, vernehme ich leises Rauschen aus einem der Telefone. Mein hellhöriges Lauschen richtig deutend hält mir der Captain Horse Handy hin.

»Sprechfunk«, grinst er zufrieden. »Wir steuern mittels humanoidem Nahbereichsradar und akustischer Echtzeitübertragung.«

Beeindruckt spitze ich pfeifend die Lippen: »Muss nur einer mit nach draußen.«

»Ich, hier ich!«, kommt Horse angesprungen als liefe er auf heißen Kohlen, Alf dicht hinter ihm. Er schnappt sich sein Handy.

»Test 1,2!«, ruft er hinein und wartet gar nicht erst auf eine Antwort. »Klappt super. Ich bin das Radar, oben an Deck.«

Er macht kehrt, rennt, springt und zieht sich, als wäre es seine leichteste Übung, aus der Dachluke. Alf springt ein paar Mal in Richtung Luke hinterher, gibt dann aber enttäuscht auf.

»Was mache ich Captain?«, frage ich aufgeregt.

»Radar- und Navigationsoffizier Pilgrim«, bekomme ich die prompte Antwort. »Füße auf die Eckbank, Arsch auf den Tisch, Augen auf die Bildschirme - du navigierst. Die Route habe ich bereits auf der Karte eingezeichnet.«

Mein Herz springt mir gleich aus der Brust. Glückswellen überfluten mich. Mein großer Bruder hat alles im Griff. Horse hat Recht. Wir werden es schaffen. Ich pflanze mich wie befohlen auf den Tisch. Zuerst studiere ich die Karte. Der mit Rot eingezeichnete Kurs führt durch eine schmale Rinne zur Havel, dann ein gutes Stück den Fluss hinauf und zurück zur Ketziner Marina. Die Rinne ist mit einer durchgestrichenen Schiffsschraube gekennzeichnet. Verwegen, genial - niemand würde diese Route vermuten.

Das Navigations-Smartphone leuchtet blau und grün. Es zeigt in der höchsten Zoomstufe einen Ausschnitt von etwa fünfzig mal fünfzig Metern. Die symbolische Darstellung ist glasklar. Als grauer Pfeil leuchtet unsere Position auf der blau gefärbten Wasserdarstellung. Die Pfeilspitze zeigt ungefähr in die Richtung, in die auch der Schiffsbug zeigt. Ein irres Kichern entschlüpft dem unzerstörbaren Grinsen in meiner Visage. Schnell verberge ich mein Antlitz unter der Kapuze meines Sweaters. Wie nennen das noch die Rechtsverdreher gleich? Ach ja, unerkannt geisteskrank. Laut mache ich Meldung an den Captain, der jetzt genau in meinem Rücken am Steuer steht: »Kontakt zu neun Satelliten hergestellt, Signalstärke bei 87 Prozent. Energiereserven bei 94 Prozent. Aktueller Kurs West, Südwest.«

Der Captain spricht als hätte er eine Zigarre im Mund, die sich beim Nachsehen allerdings als Mohrrübe entpuppt: »Dann wollen wir den Kahn mal schaukeln. Erbitte Ruderausschlag und Schubanweisung.«

Was für ein geiles Gefühl. Ernsthaft Mama, ich trage Verantwortung! Ich bin der Captain, der Captain ist nur der Steuermann.

»Leichte Fahrt voraus, Ruder Viertel Rechts.«

»Aye, Aye!«

Thaddäus setzt sich in Bewegung.

- *Püp* - tönt es aus meinem Handy, dass ich kräftig zusammenzucke und halb vom Tisch falle.

»Scheiße Horse, was soll das?«, schnauze ich ins Telefon an der Scheibe.

»Radar, alter, macht *Püp*«, knistert es aus dem altertümlichen Backsteinmodell. »Je näher wir dem Ufer kommen, desto schneller widerhole ich das *Püp*, wie im

Auto. *Püp* heißt, ich kann das Ufer erkennen, aber alles im Lot. *Püp Püp* heißt, dass es eng wird und *Püüüp* zu eng.«

Fragend blicke ich zum Captain, der nur mit den Schultern zuckt und antwortet: »Haben verstanden Horse, super System. Captain, over and out.«

Zweifelnd widme ich mich wieder den Geräten. Konzentriert beobachte ich die winzigen Bewegungen der Karte auf dem Smartphone.

- *Püp* -

Millimeter für Millimeter schiebt sich die Karte über das Display. Der Pfeil bleibt stets in der Mitte fixiert. Die Richtung stimmt. Zaghaft schiebt sich Thaddäus in eine Rechtskurve.

- *Püp* -

Es dauerte seine Zeit, dann endlich zeigt der Pfeil in Richtung der schmalen Rinne, die zur Havel führt. Die Navigationssoftware kennt zwar keine Betonnung, die Wasserkarte jedoch schon - Durchfahrt verboten. Jaja, beruhige ich mich. Wir haben ja Radar.

- *Püp* -

»Ruder in Nullstellung.«

»Ruder ist in Nullstellung«, erwidert der Captain. Noch einen Millimeter auf dem Display.

- *Püp Püp* -

Plötzlich macht der Pfeil auf dem Display einen Sprung. Die Karte ruckt einen guten Zentimeter weit auf dem Display nach unten. Der Pfeil schießt nach vorn in die schmale Rinne. Scheiße, - *Püp Püp* - Lag.

»Steuer halb Links!«, brülle ich.

»Steuer ist halb Links!«, brüllt der Captain zurück.

- *Püp Püp* -

Auf dem Display sind wir noch ein gutes Stück vom Ufer entfernt, aber wahrscheinlich reicht das Schilf weit ins Wasser hinein, sodass wir die Kurve aus Horse Sicht geschnitten haben. Folglich warte ich bis wir fast in der Mitte des Rinneneingangs sind bevor ich erneut - *Püp Püp* - korrigiere.

»Steuer in Nullstellung.«

»Steuer ist in Nullstellung.«

»Tiefe?«

»Eins zehn, fallend.«

- *Püp Püp* -

»Pilgrim an Horse. Wie knapp war das gerade?«

- *Püp Püp* -

»Horse?«

»Radar redet nicht.«

»Horse, wie nah waren - *Püp Püp* - wir am Ufer?«

- *Püp Püp* -

»Horse!«

Der Idiot meint es ernst. Kopfschüttelnd studiere ich die Wasserkarte und versuche trotz der unterschiedlichen Maßstäbe ungefähr abzuschätzen wie weit das Schilf in die Rinne reicht. Am besten, wir - *Püp Püp* - bleiben schön mittig.

»Tiefe null-achtzig.« Ertönt es hinter mir. Unsicher blicke ich mich um.

»Passt schon«, sagt der Captain. »Läuft doch.«

Ich glaube ich will doch nicht Captain sein. Schnell fixiere ich wieder den Pfeil auf dem Display - Konzentration. Die Karte dreht sich weiter. Schrittweise richtet sich der Pfeil aus. Langsam, aber stetig rückt er in die richtige Position und - *Püp Püp* - ein Stück darüber hinaus. Dann bleibt er endlich stehen und schiebt sich nur noch weiter nach vorn.

»Tiefe?«

»Passt!«

Ich werfe erneut einen flüchtigen Blick über die Schulter. Schweiß steht dem Captain auf der Stirn.

- *Wrrrum!* - Röhrt der Motor lauter.

»Captain?«, spucke ich überrascht heraus.

»Zu wenig Fahrt, zu wenig Schwung! Wird eng werden unterm Kiel!«, bellt er, ohne den Blick von den schwarzen Scheiben abzuwenden, durch die er ganz sicher absolut gar nichts sehen kann.

- *Püp Püp* -

Die Scheiben beginnen durch die höhere Motordrehzahl zu vibrieren. Langsam schieben wir uns auf unserem nicht ganz perfekten Kurs vorwärts. Wir steuern auf den engsten Punkt der Rinne zu.

»Steuer achtel links!«

»Steuer a bissal left!«

- Püp Püp -

Wir schaffen ein gutes Stück der Rinne, draußen beginnt es zu dämmern. Alles wird gut. Am oberen Rand des Displays erscheint bereits die winzige Mündung in die Havel. Wir müssten perfekt mittig...

- Püüüp -

Kontrollblick.

- Püüüp -

Kurs stimmt.

- Püüüp -

Position stimmt.

»Horse?«

»PALISADE VORAUS, PALISADE VORAUS!«, kommt es hysterisch aus dem Handylautsprecher.

- WRRRRUUUMMM! -

»Volle Fahrt voraus!«, interpretiert der Captain die neuen Informationen.

»Captain!?«, rufe ich aufgeregt.

»Wer will schon ewig leben?!«, schreit der Captain. Es klingt nach Wahnsinn.

»Festhalten Horse!«, schreie ich ins Handy, mich selbst am Tisch festkrallend.

- *POCK! - SCHRRR! -*

Ein Schlag, ein Stoß, wildes Rumpeln in der Kombüse.

- *Wrr, Wrr, WRRRUMM! -*

Stille.

- *Püp -*

»Yeehaa!«, kreischt der Captain.

Ich wage einen Kontrollblick zum Smartphone.

»Yeehaa!«, kreische auch ich triumphierend.

Glücklich beobachte ich, wie sich der Pfeil aus der Rinne in die Havel schiebt. Mit Vollgas verlassen wir die Gefahrenzone. Die Karte scrollt fließend über das Display. Wir sind schnell, verflucht schnell. Das Grüne da oben auf der Karte, das wird doch noch nicht ... - *WUMMS!* - Völlig unvorbereitet segele ich kopfüber vom Tisch und schieße hinab in die Kombüse. Mit den Armen rudernd rutsche ich unkontrolliert über die blanke Fläche des Kombüsentisches und lande mit dem Gesicht voran im Gitarrenkorpus - Licht aus.

NEUN

Nachdem mein Gehirn rebootet hat, überträgt es mir widerwillig die Kontrolle über meinen Körper. Alles fühlt sich taub an. Stück für Stück kehrt mein Bewusstsein zurück. Durch verklebte Milchglasscheiben erkenne ich nur schemenhaft das Chaos, in dem ich liege. Irgendwoher kommt Licht. Grunzend versuche ich mich aufzusetzen, wobei mir ein greller Schmerz durch die linke Schulter schießt. Wimmernd sacke ich zurück auf den Boden. Verzweifelt erkämpfe ich mir einen kleinen Freiraum, indem ich mit den Beinen diverses Zeug von mir wegtrete. Es folgt der zweite Versuch hoch zu kommen. Ich schaffe es mich halbwegs aufzusetzen. Benommen halte ich mir den Kopf. Alles dreht sich.

Mein linker Arm hängt schlaff herunter, beginnt aber bereits die erste Phase der Kribbelhölle einer wieder durchbluteten, zuvor abgeklemmten, eingeschlafenen Extremität. Während ich versuche das Kribbeln im linken Arm zu ignorieren, betastet mein rechter Arm den Rest meines Körpers. Mein Gesicht ist blutig, mein Kopf ebenfalls. Meine Zunge fühlt sich pelzig und geschwollen an. Glücklicherweise sind alle Zähne noch an Ort und

Stelle. Der rechte Arm ist okay, die Schulter auch. Der linke Arm ist noch taub, die Schulter - aua! - Die linke Schulter ist definitiv nicht in Ordnung.

Als der Schmerz nachlässt, nehme ich alle Energie zusammen, die ich aufbringen kann und versuche aufzustehen. Stabil wie Gelatine knicken meine Beine ein. In letzter Sekunde bekomme ich gerade noch mit der rechten Hand die Spülarmatur zu packen. Nichts desto trotz falle ich auf die Knie und stoße mit der lädierten Schulter gegen die Arbeitsplatte. Höllenschmerzen treiben mir Tränen über die Wangen, die salzig und blutigbitter schmecken. Als der Schmerz abebbt, stecke ich den Kopf in die Spüle, drehe den Hahn auf und lasse die kalte Wirklichkeit einige Zeit über meinen Kopf laufen. Die Kälte tut gut, doch es dauert besorgniserregend lange, bis sich das Wasser nicht mehr rot färbt.

Langsam kehrt die Kraft in meine Oberschenkel zurück, so dass ich die Armatur loslassen kann, um mir mit Zeigefinger und Daumen die Augen zu reiben. Das Polieren klart die Milch teilweise aus dem Glas. Ein kleiner Fortschritt. Leider ist das Erste, was ich scharf sehe, die blasse Hand des Captains im Spülbecken. Vor Schreck verliere ich die Balance und sacke zurück gegen den Kombüsentisch in meinem Rücken. Auf meinen Unterschenkeln sitzend betrachte ich den zur Hand gehörigen Rest. Bewusstlos hängt der Captain über dem Steuerstand. Der linke Arm ragt weit aus dem Ärmel des hochgerutschten Mantels heraus bis ins Spülbecken. Der angewinkelte rechte Arm klemmt verdreht im Steuerrad. Sein Kopf liegt mit dem Gesicht zu mir gerichtet auf der Holzkannte, die den Steuerstand von der Kombüse trennt. Der Mund steht offen. Ein Sabberfaden reicht bis auf die Arbeitsplatte hinab. Ein Auge ist zu, das andere auf Halbmast. Die Kapuze liegt verdreht auf dem Hinterkopf. Der Parker ist soweit hochgerutscht, dass sein blanker Arsch von der Morgensonne angestrahlt aus dem Fenster guckt. Wäre nicht sein röchelndes Atemgeräusch, keine Frage, hielte ich ihn für tot.

Mit der Frage beschäftigt was passiert ist, lasse ich meinen Kopf in den Nacken rollen und vor Schreck weiter auf die Tischkante fallen. Durch die Dachluke blickt ein Gesicht auf mich herab, das nur aus Bart zu bestehen scheint. Der Bart klopft gegen die Luke.

»Alles okay da drin?«, fragt eine für den massiven Bart ungewöhnlich hohe Stimme. »Braucht ihr Hilfe?«

Ich zögere nicht und nicke eifrig. Hilfe kann nicht schaden.

»Ja!«, sage ich kehlig, gerade so laut, dass der Bart es versteht.

»Na dann mach auf.«

Er zeigt auf den Niedergang. Ich nicke wieder. Unter Schmerzen krabbele ich auf allen Vieren, die wegen der Schulter nur Dreie sind, zur Treppe und ziehe den Hocker weg. Die Tür schwingt auf. Der Bart beugt sich hinunter und steckt den Kopf herein.

»Heilige Scheiße«, entfährt es ihm. Das Durcheinander betrachtend fällt ihm die Kinnlade herunter. Blankarsch begrüßt ihn mit einem Tönchen. Ich kichere ob der surrealen Situation. Das wiederum weckt dunkle Erinnerungen. Verstört blicke ich durch den Bart hindurch in die Vergangenheit.

»Kann das wahr sein?«, stelle ich meine Gedanken in Frage.

»Was?«, fragt der Bart amüsiert. »Dass ihr euren Kahn in meinem Garten geparkt habt?«

Mir schwant Böses, doch der Bart grinst nur: »Ich nehme an, Malibu Ken draußen auf dem Rasen gehört auch zu eurem Nudistenclub?«

Ich nicke erneut.

- Wuff! Wuff! - Alf kommt wedelnd aus der Bugkabine und bellt. Ich streichele ihn und will zu seiner, meiner, gar unserer Verteidigung ausholen, doch mir fällt nichts ein, was irgendeinen Sinn ergeben würde.

»Barny?«, fragt der Bart verdutzt. »Wie kommst du denn hierher?«

Barny springt die Treppe hoch und verschwindet zusammen mit dem Bart aus meinem Sichtfeld. Kurz darauf kommt der Bart zurück und steigt die Treppe hinab. Er hilft mir nach draußen, in die gleißende Helligkeit des jungen Tages. Die Sonne muss gerade erst aufgegangen sein. Feiner Dunst steht noch auf dem Wasser. Ich wanke runter vom Boot zu einer Reihe alter Badeliegen aus vergilbtem Plastik. Auf einem der luxuriösen Modelle liegt Horse. Er schläft mit einem Arm über den Augen. Auf seiner Stirn prangt ein stolzer Cut. Dunkle Blutergüsse bedecken Arme, Beine und die linke Hälfte seines Brustkorbs. Wenn da mal nichts gebrochen ist.

Erst jetzt bemerke ich Thaddäus merkwürdige Position. Die Jacht ragt gute drei Meter weit in den Garten hinein. Entweder wir haben einen bestehenden Anlegeplatz ausgiebig verbreitert oder aber einen gänzlich Neuen geschaffen. Ich befürchte, es ist Variante B. Thaddäus Bug ragt leicht ansteigend aus dem Wasser. Die Badeplattform am Heck ist unter Wasser und nicht mehr zu sehen - sieht abgefahren aus.

Der Bart kommt aus der Jacht. Er stützt den Captain, der wieder bei Bewusstsein ist, und hilft ihm von Bord. Der Schamane ist reichlich mitgenommen. Er hält den linken Arm vorsichtig angewinkelt am Körper und hinkt stark. Als er sich neben mir auf die letzte freie Liege setzt, brabbelt er etwas Unverständliches und nickt. Der

Bart telefoniert unterdessen. Ich verstehe nicht viel, aber ich denke ich weiß worum es geht. Dem Schicksal ergeben schließe ich die Augen und versuche mich zu entspannen.

Als ich die Augen wieder öffne, steht die Sonne hoch am Himmel. Der Mann mit dem Hammer arbeitet zwar immer noch fleißig in meinem Kopf, aber ich fühle mich erheblich besser. Zu meinem Erstaunen stehen der Captain und Horse zusammen mit dem Bart, Barney Bullterrier und dem blonden Hünen von der Marina am Ufer vor der Jacht und diskutieren. Ich beobachte die Männer. Sie scherzen und lachen und schütteln ungläubig die Köpfe. Irritiert gehe ich auf die Gruppe zu. Kurz bevor ich sie erreiche, drehen sie sich zu mir um. Der Captain reicht mir wortlos eine Zeitung. Er trägt bereits einen Schlaufenverband um den verletzten Arm. Verdattert nehme ich das Papier entgegen und lese die aufgeschlagene Story im Lokalteil.

Stadt Brandenburg an der Havel (BRB) – Polizei sprengt Drogenring

Bei einer groß angelegten Rauschgift-Razzia in der Stadt Brandenburg an der Havel hat die Polizei nach eigenen Angaben vier Tatverdächtige verhaftet und Betäubungsmittel mit einem Marktwert in Höhe von mehreren zehntausend Euro beschlagnahmt. Zwei der vier Tatverdächtigen wurden bereits am Dienstag bei einem Zugriff in der Wohnung des Hauptverdächtigen festgenommen. Die Beschuldigten sollen über mehrere Monate die Berliner Partyszene mit Drogen aus dem heimischen Chemielabor versorgt haben.

Staatsanwaltschaft und Kriminalpolizei der Stadt Brandenburg berichteten am gestrigen Freitag über das Ergebnis der Razzia. Beschlagnahmt wurden insgesamt zwei Kilogramm Marihuana, 300 Gramm Kokain sowie mehrere dutzend Kästen mit Getränkeflaschen, deren Inhalt mit Betäubungsmitteln versetzt wurde. Als besonders heikel bezeichnete Ferdi Karnauer, Sprecher der Polizeidirektion Brandenburg, dass die Analyse der mit Lysergsäurediethylamid (LSD) und Amphetaminen (MDMA, DOM) versetzten Getränke stark schwankende Dosierungen ergeben hätte. Karnauer wörtlich: »Die ermittelten Wirkstoffmengen schwanken zwischen kaum nachweisbar und lebensbedrohlich. Wir hoffen daher inständig, alle präparierten Flaschen aus dem Verkehr gezogen zu haben.«

Eine zentrale Rolle spielte hierfür offenbar auch die Verhaftung der beiden noch gesuchten Drogenkuriere, zu der es erst am gestrigen Freitag kam. Der Zugriff erfolgte auf dem Parkplatz eines lokalen Supermarktes, wobei es jedoch zu Komplikationen kam. Den Verdächtigen gelang es aus ihrem Wagen in den Supermarkt zu flüchten, in dem zur Tatzeit reger Betrieb herrschte. Dort gelang es den 29 und 26 Jahre alten Männern kurzzeitig in der Menge unter zu tauchen, bevor sie von mehreren Beamten überwältigt werden konnten. Im Wagen der Beiden fand die Polizei neben einer kleineren Menge Marihuana auch Spuren von Amphetaminen und Kokain, der erhoffte Großfund blieb jedoch aus.

EPILOG

Die polizeiliche Erfassung der Ereignisse dauert gute drei Stunden. Auf der Wache im Ort erzählen wir unsere Geschichte gleich mehreren Beamten parallel. Es wird fleißig mitgeschrieben und protokolliert. Rechtliche Folgen haben die Eskapaden vorerst nicht für uns. Sollten wir allerdings in den nächsten Tagen am Steuer sitzend in eine Drogenkontrolle geraten, sieht die Sache anders aus. Die Nachweisbarkeit der Drogen in unserer Blutbahn wird noch einige Zeit erhalten bleiben.

Nach einer finalen Belehrung über unsere Rechte und Pflichten in der jetzigen Situation und die weiteren Schritte, die nun unternommen werden, können wir gehen - ins Krankenhaus.

Die ärztlichen Untersuchungen dauern bis in den Abend hinein. Am Ende des Untersuchungs-Marathons gibt es wider Erwarten keine schwerwiegenden Verletzungen zu attestieren. Weder beim Captain (Arm gebrochen), noch bei Horse (9 Stiche Stirn-Cut) oder mir (Schulter ausgerenkt) bedarf es zwangsläufig einer stationären Behandlung. Wir entlassen uns auf eigene Verantwortung selbst. Ein Taxi bringt uns in die Hauptstadt.

Pünktlich zur Prime Time betreten wir die unterwegs vom einarmigen Banditen Captain gebuchte Suite des Bling-Bling-Plaza. Hier werden wir zwei Tage chillen und uns kurieren. Das haben wir bitter nötig. Naja, wird schon wieder werden. Schlimmer als die körperlichen Schmerzen sind ohnehin die Flashbacks, die sich im Laufe des Tages bereits mehrfach in meinen Verstand geschlichen haben. Es scheint noch einen dunklen Part des gestrigen Tages zu geben, den ich noch nicht schriftlich erfasst habe. Vielleicht bleibt dieser Teil aber besser in meinem Kopf. Wer weiß was überhaupt wahr ist und was Halluzination oder Wahn oder wie auch immer man Erlebnisse im Drogenrausch bezeichnet.

Kommen wir also quasi ungeschoren davon? - nicht ganz. Die Kaution ist futsch und auch der Bart will entschädigt werden. Letzteres hat der Captain direkt vor Ort erledigt und auf die geforderte Summe noch was oben draufgelegt. Warum Barny Bullterrier an Bord war, kann somit unser Geheimnis bleiben. Zudem sind wir uns einig, dass die morsche Palisade schon lange vor dem heutigen Tag an dieser Stelle eine große Lücke aufgewiesen hat.

Das am Boot kein größerer Schaden entstanden ist, überrascht alle Beteiligten gleichermaßen. Wir haben gute drei Meter der Palisade plattgemacht und die Jacht brachial in den Garten des Barts gerammt. Und was macht Thaddäus? Zeigt sich gänzlich unbeeindruckt. Der Hüne hat das Boot abgetaucht und untersucht. Er kann es selbst nicht fassen. Gut, dass Interieur hat etwas gelitten, aber dafür wird die Kaution herhalten. Der Hüne sieht da kein Problem. Obendrein hat er uns eingeladen den gleichen Trip gratis nochmal zu machen. Also den nach Berlin und zurück, nicht den mit den Drogen. Aber das ist Zukunftsmusik. Fürs Erste habe ich genug von Sportbooten und wildem Wassercampen. Wobei, wenn es wieder gratis Pullis in Superflausch-Qualität gibt, wer kann da schon nein sagen?

ENDE